Tayyib Salih

Die Hochzeit des Zain

Tayyib Salih

Die Hochzeit des Zain

Aus dem Arabischen von
Stefan Reichmuth

Unionsverlag
Zürich

Die arabische Originalausgabe erschien 1966
unter dem Titel *Urs az-Zain* in Beirut.

Rieterstrasse 18, CH-8059 Zürich
Telefon (0041) 01-281 14 00
Übernahme der Übersetzung mit freundlicher Genehmigung
der Edition Orient, Berlin

Umschlaggestaltung: Heinz Unternährer, Zürich
Foto: Maximilien Bruggmann
Satz: Barbara Herrmann, Freiburg
Belichtung: Johannes Schimann, Ingolstadt
Druck und Bindung: Ebner Ulm
ISBN 3-293-00180-7

Halima, die Milchverkäuferin, kam wie immer vor Sonnenaufgang. Während sie Amna für einen Girsch Milch abfüllte, sagte sie: »Hast du schon gehört? Der Zain heiratet!«

Fast wäre Amna das Gefäß aus der Hand gefallen. Halima nutzte ihre Überraschung und gab ihr zuwenig Milch.

Der Hof der Mittelschule war am Vormittag still und leer; die Schüler hatten sich in ihre Klassenräume zurückgezogen. In der Ferne erschien ein Junge; er kam keuchend angerannt und hielt den Saum seines Kleides unter der Achsel fest. Vor der Zweiten Klasse blieb er stehen: Es war die Stunde des Direktors.

»Du Esel, warum kommst du zu spät?«

Tirefis Augen funkelten spitzbübisch: »Efendi, haben Sie schon gehört?«

»Was denn schon, du dummer Kerl?«

Unbeirrt vom Zorn des Direktors sprach der

Junge mit verhaltenem Kichern: »Der Zain wird übermorgen heiraten!«

Dem Direktor blieb vor Staunen der Mund offen, und Tirefi war gerettet.

Auf dem Markt ging Abd as-Samad auf Scheich Alis Laden zu. Sein Gesicht war gerötet, ganz unverkennbar vor Zorn. Scheich Ali, der Tabakhändler, hatte bei ihm Schulden und hielt ihn damit schon einen ganzen Monat hin; heute wollte er sie endlich eintreiben, im Guten oder im Bösen.

»Ali, du meinst wohl, ich würde mein Geld nie von dir holen, oder was denkst du dir?«

»Hadsch Abd as-Samad! Beruhige dich doch, setz dich erst mal hin, und ich bringe dir Kaffee.«

»Bleib mir mit deinem Kaffee vom Hals! Komm, mach deinen Tresor auf, und gib mir mein Geld heraus, oder sag wenigstens, wenn du nicht mehr zahlen kannst!«

Scheich Ali spuckte seinen Priem aus: »Nun setz dich, und ich erzähle dir eine Neuigkeit.«

»Mann, ich habe keine Zeit für dich und deine Geschichten! Ich weiß ja, du hältst mich bloß zum Narren, willst nur von meinem Geld ablenken.«

»Dein Geld liegt bereit, ich schwöre es dir. Nun setz dich, und ich erzähle dir das mit der Hochzeit des Zain!«

»Wessen Hochzeit, hast du gesagt?«

»Die Hochzeit des Zain!«

Abd as-Samad setzte sich, fuhr sich mit den Händen an den Kopf und schwieg eine Weile, Scheich Ali betrachtete ihn, zufrieden mit der Wirkung, die er erzielt hatte. Schließlich brachte Abd as-Samad nur heraus: »Bei Gott und seinem Propheten! Scheich Ali, was sind das für Geschichten!«

An diesem Tag holte er sich sein Geld nicht mehr.

Als es Mittag war, war die Nachricht bereits in aller Munde. Der Zain selbst stand am Brunnen mitten im Dorf, füllte den Frauen die Gefäße und neckte sie wie immer. Die Kinder scharten sich um ihn und fingen an zu singen: »Der Zain hat eine Braut! Der Zain hat eine Braut!« Er warf Steine nach ihnen, er zog hier ein Mädchen am Kleid, stieß dort eine Frau in die Taille, kniff eine andere in den Schenkel. Die Kinder lachten, die Frauen kreischten und machten Späße. Doch all diesen Lärm übertönte das Lachen, das zum Dorf gehörte, seit der Zain geboren war.

Neugeborene empfangen das Leben bekanntlich mit Geschrei. Glaubt man aber der Mutter des Zain und den anderen Frauen, die seine Geburt miterlebten, so brach er, kaum daß er die Erde berührte, in Lachen aus. Und so blieb er sein Leben lang. Als Erwachsener hatte er nur noch zwei Zähne im Mund, einen oben und einen unten. Seine Mutter erzählte, früher seien es viele gewesen, so weiß wie Perlen. In seinem sechsten Lebensjahr ging sie einmal mit ihm zu Verwandten, und sie kamen an einer Ruine vorbei, von der es hieß, sie sei von Geistern bewohnt. Da blieb der Zain plötzlich wie angewurzelt stehen, fuhr heftig zusammen und schrie auf. Er lag danach einige Tage im Bett. Als er seine Krankheit schließlich überstanden hatte, waren ihm alle Zähne ausgefallen, bis auf einen Zahn oben und einen unten.

Der Zain hatte ein längliches Gesicht mit knochigen Wangen und Kinnladen. Seine Stirn wölbte sich vor, seine Augen waren klein und gerötet und lagen tief in ihren Höhlen. Sein Gesicht war unbehaart, Brauen und Wimpern fehlten völlig. Auch als er erwachsen wurde, wuchs ihm kein Bart. Unter diesem Gesicht saß ein langer Hals (bei den Jungen hieß er auch »die Giraffe«). Er ruhte auf kräftigen Schultern, die zu einem Dreieck über dem Körper abfielen. Seine Arme waren lang wie bei einem Affen. Er hatte derbe Hände mit schmalen Fingern, die in langen, scharfen Nägeln endeten (der Zain schnitt sie nie). Die Brust war eingesunken, der Rücken etwas krumm, und die Beine waren so lang und dünn wie bei einem Kranich. Seine breiten Füße waren mit Narben bedeckt (er zog nur ungern Sandalen an). Dabei konnte er sich an die Geschichte jeder einzelnen Wunde erinnern. Da war zum Beispiel dieser Schnitt am rechten Fuß, der sich vom Knöchel über den ganzen Fußrücken zog und zwischen den beiden ersten Zehen endete. Wenn der Zain davon erzählte, begann er so: »Zu dieser Narbe hier, Leute, gibt es eine Geschichte.«

Dann zog Mahajub ihn auf: »Was kann das schon für eine Geschichte sein, du alberner Kerl! Vielleicht bist du stehlen gegangen, und sie haben dich mit einem dornigen Ast verprügelt!«

Das kam bei Zain gut an. Vor Lachen fiel er

hintenüber, schlug mit den Händen auf den Boden und streckte die Beine in die Luft. Sein seltsames Gelächter, das dem Geschrei eines Esels glich, wollte nicht enden. Bald hatte er die anderen angesteckt, und die ganze Gesellschaft brach in tosendes Lachen aus. Der Zain faßte sich und wischte mit dem Ärmel die Lachtränen aus dem Gesicht: »Ja... ja... ich war stehlen gegangen.«

Mahajub stichelte weiter: »Was kannst du schon stehlen, du Tolpatsch! Du wolltest dir wohl bloß etwas zu essen besorgen!«

Der Zain rieb sich das Gesicht mit den Händen und lachte von neuem los. Sie alle vermuteten eher, daß er in ein Haus eingedrungen war, um Essen zu stehlen; er war für seinen unersättlichen Hunger bekannt. Wenn bei einer Hochzeitsfeier die Platten mit den Speisen kamen und die Leute sich zum Essen im Kreis um sie setzten, suchte es jede Gruppe zu verhindern, daß der Zain sich bei ihr niederließ, denn sonst aß er in wenigen Augenblicken alle Teller leer.

Abd al-Hafiz sagte: »Weißt du noch, was du bei Saids Hochzeit angestellt hast?«

Der Zain lachte schallend: »Ja, ich weiß... Bei Gott, ich hätte das Essen bis auf den letzten Rest vertilgt, wäre mir nicht dieser abscheuliche Sohn von Ismail dazwischen gekommen!«

Bei Saids Hochzeit sollte der Zain die Speisen auftragen und lief hin und her zwischen dem Dewan, wo die Männer versammelt waren, und dem Tukul, der Küche im Haus, in der die Frauen kochten. Unterwegs zwischen Tukul und Dewan ließ er sich etwas Zeit. Aus dem Gefäß, das er gerade trug, aß er, was ihm schmeckte, und wenn er schließlich bei den Leuten ankam, war es fast leer. Das tat er dreimal, bis Ahmad Ismail aufmerksam wurde und ihm nachging. Der Zain blieb auf halbem Wege stehen und hob den Deckel von der Platte, die voller gerösteter Hühner war. Doch kaum hatte er eines der Hühner ergriffen und zum Munde geführt, als Ahmad Ismail über ihn herfiel und auf ihn einschlug.

Wieder fragte Mahajub: »Nun sag schon, du Unglücksrabe, was wolltest du stehlen?«

Als der Zain nun merkte, daß die Leute ringsum aufmerksam zuhörten, setzte er sich zurecht, legte die Arme zwischen die Knie und erzählte: »Im letzten Sommer, zur Zeit der Hirseernte... da war ich einmal lange am Wasserrad geblieben. Der Mond schimmerte schon hell. Ich warf mir den Tob über die Schultern und ging zu den Häusern zurück. Gerade als ich das sandige Feld am Dorfrand erreicht hatte, hörte ich plötzlich trillernde Frauenstimmen...«

Mahajub unterbrach ihn: »Ja, das stimmt, es war Bakris Hochzeit.«

Der Zain fuhr fort: »Ich sagte mir, ich gehe hin und schaue, was los ist. Ich kam hin und fand Himmel und Menschen; ein Spektakel mit Trommeln und Getriller. Erst einmal lief ich, um etwas zu essen zu ergattern...«

Die anderen brachen in Gelächter aus, denn das war es, was sie erwartet hatten.

»Die Frauen in der Küche gaben mir ein paar Fleischstücke zu essen, und ich bekam etwas Bitteres zu trinken.«

»Das war wohl Aragi-Schnaps, du Nichtsnutz!« sagte Mahajub.

»Nein, kein Aragi«, erwiderte der Zain. »Meinst du, ich kenne keinen Aragi? Mann, ich sage euch, was ich da trank, stieg mir richtig zu Kopf. Nun verschwand ich aus der Küche. Ich kam in ein Haus und fand dort eine Menge Frauen. Die Düfte, die Dilka, der Mahalab ließen einen einfach nicht vorbei. Mann, bei meiner Scheidung, es machte mich betrunken!«

Abd al-Hafiz lachte: »Wo ist die Frau, von der er sich scheiden lassen will?«

Doch der Zain achtete nicht darauf, sondern fuhr fort, vom Rausch gepackt: »Mitten drin sehe ich die Braut, ein schönes, aufregendes Mädchen. Sie hat das Rauchbad genommen und trägt einen Garmasis-Umhang!«

Hier hielt der Zain inne und ließ seinen Blick über die Anwesenden gleiten. Sein Mund stand offen, und die beiden Zähne waren zu sehen. Mahajub konnte sich nicht länger bezähmen und drängte ihn, zu Ende zu erzählen: »Was hast du dann gemacht?«

»Dann sprang ich auf die Braut los!«

Und damit sprang er wie ein Frosch in die Höhe. Die Anwesenden lärmten. Der Zain brach in Gelächter aus, warf sich auf den Bauch und ruderte mit den Beinen in der Luft. Dann wälzte er sich auf den Rücken und sagte, wiehernd vor Lachen: »Ich packte die Kleine und biß sie in die Lippen.«

Mahajub sprach vor Entrüstung das Glaubensbekenntnis und bat Gott um Vergebung.

»Mann, ich sage euch, die Frauen machten einen Heidenlärm, das Haus tobte, und die kleine Braut fing an zu schreien. Plötzlich traf mich einer mit dem Messer am Bein. Da hatte ich genug. Ich lief weg und rannte, bis ich zu Hause war.« Nun richtete der Zain sich plötzlich auf, und gewichtiger Ernst überzog sein Gesicht. Er wandte sich an Mahajub: »Hör zu! Wirst du mir deine

Tochter Alawiya zur Frau geben, oder hast du Einwände?«

Mahajub erwiderte würdevoll und feierlich, als ob er es ernst meinte: »Hiermit gebe ich dir meine Tochter. Vor allen diesen Leuten verspreche ich dir: Hast du erst deinen Weizen geschnitten, die Datteln geerntet und verkauft und das Geld gebracht, dann werden wir die Hochzeit ausrichten!«

Dieses Versprechen befriedigte den Zain. Er schwieg eine Weile mit gerunzelter Stirn und zusammengepreßtem Mund, als ob er sich nun sein künftiges Leben mit Alawiya und die schwere Verantwortung für Frau und Kinder vorstellte. Dann sagte er: »Gut, Freunde, ihr seid Zeugen! Der Mann hat sich entschieden. Morgen soll er nicht kommen und es sich anders überlegen!«

Und die Anwesenden, Ahmad Ismail, at-Tahir ar-Rawwasi, Hamad Wadd ar-Rayyis und Said, der Ladenbesitzer, sie alle versicherten, Zeugen zu sein für Mahajubs Versprechen, und die Heirat würde mit Gottes Hilfe zustandekommen.

Alawiya, die Tochter Mahajubs, war gerade die neueste Liebe des Zain. Nach ein oder zwei Monaten würde er das Interesse verlieren und sich einer anderen zuwenden. Aber gegenwärtig war er von ihr erfüllt und dachte Tag und Nacht an sie. Traf man ihn mittags auf dem Feld, so war er über seine Hacke gebeugt, der Schweiß troff ihm vom Gesicht. Dann hielt er plötzlich inne und rief, so laut er konnte: »In Mahajubs Haus habe ich mein Herz verloren.« Für eine Weile hielten auf den umliegenden Feldern Dutzende von Leuten ebenfalls inne, wenn sie sein Rufen hörten. Die Jüngeren lachten, doch manche der Alten, denen sein Übermut gelegentlich zuviel wurde, murmelten ärgerlich: »Was brüllt der verrückte Junge denn da?« Wenn dann bei Sonnenuntergang die Arbeit ruhte und sich die Leute auf den Heimweg machten, lief der Zain mit großem Gefolge von jungen Männern, Halbwüchsigen und kleinen Mädchen nach Hause. Sie lachten, und er stolzierte unter ihnen umher, schlug hier einem auf die Schulter, kniff dort ein Mädchen in die Backe, er vollführte Luftsprünge, und wenn ihm ein kleiner Strauch im Wege war, sprang er darüber hinweg. Von Zeit zu Zeit rief er, so laut er konnte, und seine Stimme hallte in der anbrechenden Dunkelheit überall im Dorf wider: »Oh!... Ihr Nachbarn!... Ihr Leute im Dorf!... In Mahajubs Hof habe ich mein Herz verloren!...«

Die Liebe ergriff den Zain zum ersten Mal, noch bevor er erwachsen wurde. Er war zwölf oder dreizehn Jahre alt und dabei schmal und mager wie ein dürrer Ast. Doch was die Leute auch über ihn sagten, sie gaben zu, daß er einen vortrefflichen Geschmack besaß. Seine Liebe fiel immer auf Mädchen, die an Schönheit, Benehmen und feiner Sprache nicht ihresgleichen hatten. Azza, die Tochter des Umda, war vierzehn Jahre alt. Wie das Wasser eine junge Palme nach der Trockenheit aufblühen läßt, so hatte sich ihre Schönheit plötzlich entfaltet. Ihre Haut war goldbraun wie Weizen kurz vor der Ernte. Sie hatte große dunkle Augen und ein klares, ebenmäßiges Gesicht, und wenn sie ihre langen schwarzen Wimpern hob, verspürte jeder, der sie ansah, wie sein Herz schneller schlug.

Der Zain war der erste, der die jungen Männer auf Azzas Schönheit aufmerksam machte. Eines Tages erscholl plötzlich seine Stimme aus einer großen Schar von Männern, die der Umda zur Arbeit auf seinem Feld zusammengeholt hatte. Es klang so heiser und scharf wie ein Hahnenschrei vor Tagesanbruch: »Oh, ihr Leute im Dorf, ihr Nachbarn! Azza, die Tochter des Umda, hat ein Opfer gefunden! Der Zain hat im Haus des Umda sein Herz verloren!«

Über diese offenen, unerhörten Worte staunten die Leute. Der Umda wandte sich heftig dem Zain zu, von jähem Zorn gepackt. Doch plötzlich war es, als hätten sie alle den lächerlichen Widerspruch zwischen Azza, der Tochter des Umda, und dem Zain, der dürr wie eine vertrocknete Ziege vor ihnen stand, erfaßt. Alle brachen zugleich in Gelächter aus, der Zorn des Umda erstarb. Mit geröteten Augen und zitterndem Schnurrbart saß er auf seinem Stuhl unter einer Palme und trieb die Leute zur Arbeit an. Er war ein strenger, würdevoller Mann, der selten lachte. Doch diesmal lachte auch er rauh und bellend über den Zain und rief ihm zu: »Zain! Wenn du heute tüchtig arbeitest, geben wir dir Azza zur Frau!« Alle lachten wieder, dem Umda zuliebe. Der Zain aber blieb stumm, schlug seine Hacke kräftiger und schneller.

Ein Monat verging, und er sprach nur noch von seiner Liebe zu Azza und davon, daß ihr Vater sie ihm versprochen hatte. Der Umda wußte seine Zuneigung auszunutzen und trug ihm viele mühselige, schier unmenschliche Arbeiten auf. So sah man den verliebten Zain mittags bei sengender Hitze ein Joch mit Wassergefäßen hin- und herschleppen, um den Garten des Umda zu wässern. Man traf ihn, wie er einen Baum umschlug oder Holz zerkleinerte, mit einer Axt, die größer war als er selbst. Oder er sammelte eifrig Futter für die Esel, Pferde und Kälber des Umda. Wenn ihn Azza dabei einmal in der Woche anlachte, war er außer sich vor Freude. Kein weiterer Monat verging, und man erfuhr im Dorf, daß Azza mit ihrem Vetter verlobt worden war, der als Arzthelfer in Abu Uschar arbeitete. Der Zain regte sich nicht auf und sagte nichts. Doch begann er mit einer neuen Geschichte.

Eines Morgens hörte man ihn rufen: »Bei den Zelten von al-Goz habe ich mein Herz verloren!« Diesmal gehörte seine Schöne zu den Nomaden, die sich im Nordsudan an den Nilufern aufhalten. Sie kommen aus den Gebieten der Kababisch und Hamar, von den Hawawir und Miresab aus Kordofan. Zu bestimmten Jahreszeiten wird in ihrer Heimat das Wasser knapp, und sie ziehen mit ihren Kamelen, Schafen und Ziegen zur Tränke an den

Nil. Zuweilen folgen mehrere dürre Jahre mit spärlichem Regen aufeinander. Dann sammeln sie sich nach und nach bei den Tränkplätzen der Bideriya und Schaigiya, die am Nil wohnen. Die meisten bleiben nur solange, bis ihre Not ein Ende hat, und ziehen dann wieder fort. Manchen aber gefällt das seßhafte Leben am Nil, und sie bleiben. So war es auch mit den Leuten von al-Goz. Sie lebten als Nomaden schon seit langen Jahren am Rande des bebauten Landes. Sie verkauften Milch, hüteten Vieh, handelten mit Brennholz und brachten zur Zeit der Ernte gegen geringen Lohn die Datteln ein. Mit den Alteingesessenen schlossen sie keine Ehe. Sie selbst hielten sich für reine Araber, jene dagegen sahen in ihnen nur rohe Nomaden.

Der Zain durchbrach diese Schranke. Es hielt ihn nicht an einem Ort, er streifte den ganzen Tag im Dorf umher. Eines Tages führten ihn seine Schritte zufällig nach al-Goz, und er lief um die Häuser, als suchte er etwas, das er verloren hatte. Da trat ein Mädchen heraus, dessen Schönheit den Zain so entzückte, daß er wie angewurzelt stehenblieb. Sie hatte von ihm gehört – sein Ruf hatte selbst die Nomaden von al-Goz erreicht. Sie lachte ihn an und fragte im Scherz: »Zain, willst du mich heiraten?«

Eine Weile stand er sprachlos, bezaubert von dem schönen Mädchen und seinen Worten, dann rief er laut: »Oh, ihr Leute, ich habe mein Herz verloren!«

Aus den Häusern und Zelten blickten viele Gesichter, und die Mutter des Mädchens rief: »Halima, was stehst du mit diesem Derwisch herum?«

Ihre Brüder wollten sich gleich auf ihn stürzen, doch er lief davon. Von nun an schwärmte er für Halima, die Schöne von al-Goz. Halima wurde allmählich bekannt. Viele reiche Leute aus dem Dorf, angesehene junge Männer und einflußreiche Personen kamen und warben bei ihrem Vater um sie. Schließlich nahm sie der Sohn des Kadi zur Frau.

Die Heirat der Tochter des Umda und die Heirat Halimas waren ein Wendepunkt im Leben des Zain. Die Mütter erfaßten nun, was für wichtige Dienste der Zain als Ausrufer ihrer Töchter leisten konnte. In einer strengen Gemeinschaft, die die Mädchen von den jungen Männern verbarg, wurde er zum Boten der Liebe, deren Zauber er von Ort zu Ort trug. Sie traf ihn zuerst und ging bald auf andere über; er war wie ein Makler oder Hausierer geworden. Wenn der Zain mit seinen winzigen, tiefliegenden Augen ein schönes Mädchen erblickte, ergriff ihn etwas – vielleicht war es Liebe. Sein stummes Herz litt unter dieser Last, und so trieb es ihn auf dürren Füßen im Dorf umher, hierhin, dorthin, wie eine Hündin, die ihre Jungen sucht. Dabei redete er unaufhörlich von dem Mädchen und rief überall ihren Namen aus. Bald horchten andere auf, ihre Blicke wurden neugierig. Dann dauerte es nicht lange, und es kam ein edler Freier, der dem Mädchen die Hand reichte. Suchte man den Zain bei der Hochzeitsfeier, so war er damit beschäftigt, die Krüge und Fässer zu füllen, oder er stand mit nacktem Oberkörper im Hof und zerkleinerte Holz mit der Axt, oder er stand in der Küche und neckte die Frauen; von Zeit zu Zeit reichten sie ihm Fleischstückchen, die er sich in den Mund schob. Immer wieder hörte man sein Lachen, das dem Geschrei des Esels glich. Eine neue Liebesgeschichte konnte beginnen... Doch nach jeder Liebe blieb er der gleiche. Sein Lachen änderte sich nicht, seine Späße rissen nicht ab, und er lief unermüdlich wie immer im Dorf herum.

Nun begannen für den Zain satte, von der Liebe ausgefüllte Jahre. Die Mütter begannen um ihn zu werben und ihn in ihre Häuser zu locken. Sie gaben ihm zu essen und boten ihm Tee und Kaffee an. Betrat er ihr Haus, so wurde ihm ein weiches Lager bereitet, und man setzte ihm eine Platte mit mehreren Schüsseln zum Frühstück oder Mittagessen vor. Danach kam vormittags Tee mit Pfefferminze, nachmittags statt dessen süßer Tee mit Milch, und hierauf immer ein Kaffee, der mit Nelken, Kardamom und Ingwer gewürzt war. Hatten die Frauen gehört, daß er sich in einem Haus in der Nähe aufhielt, fanden sie sich bald in Scharen ein, denn sie mochten seine Späße. Die Mütter drängten ihre Töchter, mitzukommen und ihn zu begrüßen. Glücklich war diejenige, die ihm gefiel und deren Namen er beim Abschied auf den Lippen trug. Dieses Mädchen konnte sicher sein, in ein bis zwei Monaten einen Bräutigam zu haben. Vielleicht begriff der Zain aus dem Gefühl heraus seine neue bedeutende Stellung, denn allmählich trat er bei den Müttern anspruchsvoll auf und zögerte, ehe er sich zum Frühstück oder zum Mittagessen einladen ließ.

Es gab aber eine in der Nachbarschaft, von der er nie sprach und mit der er keine Späße machte. Ein Mädchen, das ihm aus der Ferne mit schönen, zornigen Augen nachschaute. Wenn er sie sah, wurde er still und hörte mit seinen Späßen auf. Sah er sie auch nur von ferne, lief er davon und nahm einen anderen Weg.

Die Mutter des Zain erzählte überall, ihr Sohn sei ein Heiliger. Dieser Glaube wurde durch seine Freundschaft mit Hanin bestärkt. Hanin war ein frommer Mann, der sein ganzes Leben der Anbetung Gottes widmete. Jedes Jahr verbrachte er sechs Monate mit Gebet und Fasten im Dorf, dann nahm er seine Wasserkanne und Gebetsmatte und zog nach Süden in die Wüste. Er blieb sechs Monate fort, dann kehrte er zurück, und niemand wußte, wo er gewesen war. Die Leute erzählten sich seltsame Geschichten über ihn. Einer schwor, er habe ihn in Merowe angetroffen, während ein anderer sicher war, ihn zur selben Zeit in Karma gesehen zu haben – obgleich man zwischen beiden Städten sechs Tage unterwegs ist. Manche behaupteten, er treffe sich mit den wandernden Heiligen, die zur Ehre Gottes über die Erde zögen. Hanin selbst sprach selten mit den Leuten im Dorf. Fragte man ihn, wo er sich denn sechs Monate im Jahr aufhalte, gab er keine Antwort. Niemand wußte auch, was er aß und trank. Auf seine weiten Reisen nahm er keine Vorräte mit.

Doch im Dorf gab es einen Menschen, der sein Freund war und mit dem er gern sprach – es war der Zain. Wenn er ihn traf, umarmte er ihn und küßte ihn auf den Kopf. Er nannte ihn »al-Mabruk«, den Gesegneten. Und der Zain hörte mit den Späßen und Scherzen auf, wenn er Hanin kommen sah, er eilte auf ihn zu und umarmte ihn. Hanin aß bei niemandem im Dorf, nur im Hause des Zain. Dieser nahm ihn zu seiner Mutter mit und ließ sie Essen, Tee oder Kaffee machen. Stundenlang saßen sie zusammen, lachten und unterhielten sich. Wollten die Leute von ihm wissen, worin seine Freundschaft mit Hanin bestehe, sagte er nur: »Hanin ist ein gesegneter Mann!«

Der Zain hatte viele Freundschaften dieser Art zu Menschen, die die Leute im Dorf für außergewöhnlich hielten, wie Aschmana die Taube, Musa der Lahme und Bachit, ein Krüppel von Geburt, dem die Oberlippe fehlte und dessen linke Seite gelähmt war. Mit solchen Menschen hatte er Mitleid. Wenn er Aschmana mit einem schweren Bündel Holz auf dem Kopf vom Feld kommen sah, nahm er es ihr ab, war freundlich und scherzte mit ihr. Sie war ein Mädchen, das vor jedem Angst hatte, ob Mann oder Frau. Kam ihr jemand entgegen, erschrak sie und floh wie vor einem wilden Tier. Mit dem Zain aber war sie gern zusammen und lachte mit ihm. Ihr stimmloses trauriges Lachen klang wie Hühnergeschrei. Musa, an dessen Namen sich die Leute nicht mehr erinnerten und der nur »der Lahme« hieß, war ein greiser Mann. Sah man ihn daherkommen, brach einem vor Mitleid das Herz angesichts der Qualen, die er beim Gehen litt. Er war Sklave eines wohlhabenden Mannes im Dorf gewesen. Als die Regierung die Sklaven in die Freiheit entließ, zog es Musa vor, bei seinem Herrn zu bleiben, der ihn liebhatte und wie einen Sohn in Ehren hielt. Nach seinem Tod fiel das Vermögen an einen mißratenen Sohn, der es verschwendete und Musa fortjagte. Nun war er alt, bedürftig, ohne Angehörige, und niemand kümmerte sich um ihn. Sein Leben verlief am Rande, wie bei alten herrenlosen Hunden, die sich nachts in verfallenen Häusern verkriechen, am Tage in den Abfallgruben nach Eßbarem wühlen und dabei noch von den Jungen gequält werden. Der Zain hatte Mitleid mit diesem Mann. Er baute ihm eine Hütte aus Palmzweigen und schenkte ihm eine Ziege für die Milch. Jeden Morgen ging er zu ihm und fragte, wie er die Nacht verbracht habe. Nach Sonnenuntergang kam er mit Datteln in den Taschen und trug Speisen unter seinem Tob, die er ihm vorsetzte. Gelegentlich brachte er ihm eine Unze Tee, ein Pfund Zucker oder etwas Kaffee. Fragte man Musa den Lahmen nach ihrer Freundschaft, so sagte er mit Tränen in den Augen: »Der Zain ist immer willkommen! Der Zain ist ein guter Junge!«

Die Leute im Dorf sahen dieses Tun, und ihr Erstaunen wuchs. War er vielleicht al-Chadir, der Prophet Gottes, oder ein Engel in Gestalt eines kümmerlichen Menschen, der die Gläubigen daran erinnern sollte, daß auch jemand wie der Zain, mit eingefallener Brust und lächerlichem Äußeren, ein großes Herz besitzen kann? Manch einer sagte: »Gott birgt sein Geheimnis im schwächsten seiner Geschöpfe!« Doch alsbald ertönte wieder die Stimme des Zain: »Ihr Nachbarn!... Ihr Leute im Dorf!... Ich habe mein Herz verloren!« Dann verflogen diese Gedanken, und an ihre Stelle trat wieder das gewohnte Bild, das den Leuten lieber war.

Bei alldem gab es in der Nachbarschaft ein schönes Mädchen mit ernstem Gesicht und zornigen Augen, das den Zain in seinem Übermut und seiner Albernheit beobachtete. Eines Tages traf sie ihn bei einigen Frauen, mit denen er seine üblichen Späße trieb, und schalt ihn: »Laß endlich dieses Getue und Geschwätz und kümmere dich um deine eigenen Sachen!« Dabei starrte sie die Frauen mit ihren schönen Augen an. Der Zain hörte auf zu lachen und senkte beschämt den Kopf. Dann stahl er sich von den Frauen fort und ging seiner Wege.

Amna wollte ihren Ohren nicht trauen. Sie fragte Halima, die Milchverkäuferin, nun zum zehnten Mal: »Wen will der Junge heiraten?« Und zum zehnten Mal erwiderte Halima: »Nima!« Unmöglich. Das Mädchen mußte den Verstand verloren haben. Nima heiratete den Zain? In Amna mischten sich Verwirrung und Ärger. Deutlich erinnerte sie sich noch an jenen Tag vor zwei Monaten, als sie ihren Stolz überwunden und sich aufgerafft hatte, zu Nimas Mutter zu gehen. Dabei hatte sie geschworen, ihr Leben lang mit Sadiya kein Wort mehr zu wechseln. Denn als ihre Mutter starb, waren alle Frauen zu ihr gekommen, um mit ihr zu trauern, nur Sadiya nicht. Für Amna war es unwichtig gewesen, daß Sadiya damals, beim Tode ihrer Mutter, gar nicht im Dorf war. Sie war erkrankt und lag einen ganzen Monat im Krankenhaus in Merowe. Als sie dann zurückkehrte, kamen alle, um sich nach ihrem Befinden zu erkundigen –

nur Amna nicht. Nun waren die Frauen gespalten. Die einen sahen Sadiya im Unrecht und meinten, sie hätte Amna auf jeden Fall zuerst besuchen müssen, der Todesfall wiege schwerer als die Krankheit. Die anderen standen auf Sadiyas Seite; ihrer Meinung nach war Amnas Mutter ohnehin schon sehr gebrechlich gewesen, und das Leben habe Vorrecht vor dem Tode. Es wurde viel geredet, der Streit verschärfte sich. Amna und Sadiya gaben beide nicht nach, und schließlich sprachen sie nicht mehr miteinander. Bis Amnas Sohn vor zwei Monaten gedrängt hatte, sie solle hingehen und um Nimas Hand bitten. Da unterdrückte sie ihren Stolz, raffte sich auf und besuchte Sadiya in ihrem Haus. Es war vormittags. Auf dem Feuer kochte Kaffee; Tassen, Zucker und andere Dinge standen auf dem Tisch. Sadiya empfing sie kühl und bot ihr ohne Herzlichkeit eine Tasse Kaffee an. Amna lehnte ab, Sadiya aber fügte nichts weiter hinzu und drängte sie nicht, sie sagte nicht wie üblich: »Der Prophet lädt dich ein, bei Gott, trink doch diesen Kaffee!« Sie sprach nicht mehr als einen einzigen Satz. Amna mußte all ihren Mut zusammennehmen, um mit ihr über Ahmad und Nima zu reden. Der Schweiß brach ihr aus, ihre Zunge wurde trocken, sie schluckte. Innerlich verwünschte sie ihren Sohn, der sie dieser ganzen Demütigung ausgesetzt hatte. Schließlich sprach sie mit zitternder Stimme: »Liebe Sadiya, eigentlich hatte ich mir geschworen, dich nie wieder im Leben zu besuchen. Du wolltest mir ja als einzige keinen Beileidsbesuch machen. Aber schließlich hat der Gläubige zu vergeben... und hiermit, meine Liebe, verzeihe ich dir. Was mich jetzt zu dir führt... weswegen ich komme... ist Ahmad, mein Sohn. Sein Vater und ich wünschen uns Nima für ihn.«

Nach diesen Worten war ihr, als sei ihre Zunge ein Stück Holz, ihre Kehle hatte sich zusammengezogen. Sie räusperte sich zweimal, und ihre Hände zitterten. Sadiya sagte nichts. Ein einziges Wort von ihr hätte Amna etwas beruhigt. Sadiya ließ sie immer fühlen, daß sie ihr überlegen war. Sie war eine schöne Frau, vornehm im Aussehen wie im Verhalten. Schaute man in ihr würdevolles Gesicht, ahnte man den Reichtum ihrer sieben Brüder, das weite Land, das ihrem Vater gehörte, die Palmen und Obstbäume ihres Mannes, seine Rinder und sein Kleinvieh, das nicht zu zählen war. Ihre drei Söhne waren zur Schule gegangen und arbeiteten bei der Regierung. Ihre Tochter war so schön, daß die Jungen ihr nachschauten, und man erzählte nur Gutes von ihr. Diese Frau, die über vierzig war und dennoch wie ein junges Mädchen aussah, sie, die so wenig sprach, warum sagte sie nichts? Endlich hob sie ihre langen Wimpern und warf Amna einen Blick zu, den diese nicht verstand. Weder Ärger noch Feindschaft, weder Tadel noch Herzlichkeit lagen darin. Dann sprach sie mit ihrer ruhigen, gleichmäßigen Stimme: »Gott wende es zum Guten. Die Entscheidung liegt natürlich bei ihrem Vater. Wenn er kommt, werden wir mit ihm sprechen.«

Dies alles fiel Amna wieder ein, ebenso, wie sie schließlich ablehnten. Es hatte geheißen, Nima sei noch zu jung für die Ehe. Und jetzt bekam sie der Zain – dieser lächerliche, törichte Kerl. Der Zain und kein anderer erhielt sie! Amna empfand es wie eine absichtliche Demütigung, die ihr persönlich galt. Halima, die Milchverkäuferin, erschrak. Sie sah, wie sich Amnas Augen vor Wut weiteten, und dachte, nun habe sie bemerkt, daß sie ihr zuwenig Milch gegeben hatte. Sie goß etwas nach und sagte: »Hier hast du noch mehr, damit du nicht böse bist!«

Die Jahre vergehen, eines löst das andere ab. Der Nil bläht sich auf wie ein Mann im Zorn. Das Wasser tritt über die Ufer und bedeckt das Fruchtland, bis es bei den tiefer gelegenen Häusern den

Saum der Steppe erreicht. Nachts quaken die Frösche. Von Norden her wehen taufrische Winde, gemischt mit Düften von Akazienblüten, von fruchtbarer, durchtränkter Erde, die lange trocken lag, von toten Fischen, die die Wellen auf den Sand spülen. In den hellen Vollmondnächten erscheint das Wasser als weite, leuchtende Fläche, die das Spiel der Palmen und Baumkronen spiegelt. Es trägt die Stimme bis in die weite Ferne. Bei einer Hochzeit sind die Jubeltriller, die Trommeln und der Schall der Lyren und Flöten noch über zwei Meilen hinweg wie aus nächster Nähe zu hören. Dann stößt der Nil einen tiefen Seufzer aus, und eines Morgens ist er wieder gefallen. Das Wasser hat sich zu beiden Seiten in ein weites Bett zurückgezogen, das den Horizont ausfüllt. Morgens steigt aus ihm die Sonne auf, abends taucht sie wieder hinein. Plötzlich erblickt man weit und breit durchtränktes, glattes Land, auf dem das Wasser feine, schimmernde Spuren hinterlassen hat, ehe es in sein natürliches Bett zurückfand. Bald erfüllt der Geruch der Erde die Sinne. Er erinnert an Palmen, die zur Befruchtung gereift sind. Die Erde ist ruhig und feucht, doch erscheint sie großartig und geheimnisvoll, als sei sie eine Frau, die sich in heftigem Verlangen nach ihrem Gatten sehnt. Still liegt sie da, doch das Wasser, das Fruchtbarkeit und Leben bringt, erfüllt sie und regt sich in ihr. Sie ist durchtränkt, bald öffnet sie sich und bringt eigene Gaben hervor. Es trifft sie ein scharfer Gegenstand, in einem erregenden Augenblick voller Schmerz und Hingabe. Dort, wo sie getroffen wurde, senkt sich die Saat hinein. Und so warm und liebevoll wie eine Frau birgt die Erde Keime von Weizen, Hirse und Bohnen und bringt Pflanzen und Früchte hervor.

Als Kind, erinnerte sich Nima, wurde sie von den Frauen, die ihre Mutter besuchten, auf den Schoß genommen. Sie strichen mit den Händen über das volle Haar, das ihr über die Schultern fiel, küßten ihre Wangen und Lippen, kitzelten sie und drückten sie an sich. Sie mochte es nicht und wand sich unruhig hin und her. Einmal konnte sie nicht länger ertragen, was eine beleibte Frau mit ihr tat. Sie fühlte die dicken Arme, die sich wie der Rachen eines wilden Tieres um sie schlossen; ihr war, als würden die schweren Schenkel und das starke Parfüm sie ersticken. Unruhig versuchte sie, dem Griff zu entkommen. Doch die Frau preßte sie an sich, fiel mit dünnen Lippen über ihr Gesicht her, bedeckte Hals und Wangen mit Küssen und schnupperte an ihr. Nima schlug ihr heftig ins Gesicht. Die Frau erschrak, ihre Umarmung löste sich, Nima riß sich los und lief aus dem Zimmer. Als sie erwachsen wurde und kein Kind mehr war, drehten sich Männer und Frauen nach ihr um, wenn sie vorüberging. Sie selbst achtete nicht auf ihre Schönheit. Sie erinnerte sich auch noch, wie sie ihrem Vater die Erlaubnis abrang, in der Koranschule zu lernen. Sie war das einzige Mädchen unter den Schülern. Nach einem Monat konnte sie schreiben. Wenn die älteren Jungen aus dem Koran vorlasen, hörte sie aufmerksam zu, und die Suren prägten sich ihr ein. Sie ging mit leidenschaftlichem Eifer daran, den Koran auswendig zu lernen. Es machte ihr Freude, ihn zu zitieren. Manche Verse, die ihr besonders gefielen, nahm sie auf wie eine frohe Nachricht. Von allem, was sie lernte, liebte sie die Suren »Der Barmherzige«, »Maria« und »Die Geschichte« am meisten. Das Herz wurde ihr schwer, wenn sie schließlich zu dem Vers gelangte: »Und Wir gaben ihm seine Familie zurück und ebensoviel dazu, eine Gnade, die von Uns kam.« Dabei stellte sie sich Rachma, die »Gnade«, als wunderschöne Frau vor, die ihrem Gatten aufopfernd diente, und wünschte, ihre Eltern hätten sie Rachma genannt. Sie träumte von einer großen Aufgabe, die ihr noch unbekannt war, einem gewaltigen Opfer, das sie eines Tages vollbringen würde. Darin lag jene seltsame Empfindung, die sie auch bei der Sure »Maria« verspürte.

So wuchs Nima heran, ein ernsthaftes Mädchen, bei dem das Gefühl der Verantwortung im Mittelpunkt stand. Sie half der Mutter bei der Hausarbeit und besprach alles mit ihr; dem Vater gegenüber äußerte sie sich so besonnen und furchtlos, daß es ihn manchmal erstaunte. Ihr Bruder, der zwei Jahre älter war, drängte sie, weiterhin zur Schule zu gehen. Er meinte: »Du könntest Ärztin oder Rechtsanwältin werden!« Doch an diese Art Bildung glaubte sie nicht. Sie erwiderte mit ihrer ruhigen, ernsthaften Miene: »Die Bildung in den Schulen ist nutzloses Zeug. Es genügt, wenn man lesen und schreiben kann und den Koran und die Gebete kennt!« Ihr Bruder lachte und sagte: »Bald kommt ein anständiger Junge und heiratet dich. Dann wirst du deinen Eigensinn schon verlieren!«

Wenn ihre Angehörigen das sagten, verspürten sie eine gewisse Furcht: Sie fühlten, daß in diesem Mädchen mit den zornigen Augen und dem ernsten Gesicht etwas steckte, was es vor ihnen verbarg. Als sie sechzehn Jahre alt war, begann ihre Mutter von den jungen Männern zu erzählen, die für eine Ehe in Frage kämen, wer reich und gebildet sei, wer gut aussehe und wessen Vater und Mutter als Schwiegereltern willkommen wären. Doch Nima zuckte immer nur die Achseln und schwieg. Als Amna kam, um von Nimas Heirat mit Ahmad zu reden, und Sadiya ihr antwortete: »Die Entscheidung liegt bei ihrem Vater«, da wußte sie im Grunde, daß niemand anders als Nima darüber bestimmen würde. Sie mußte ihre Wahl selbst treffen; und sie zuckte die Achseln und sagte: »Ich bin jetzt noch nicht bereit zu heiraten.« Jeder Streit mit ihr wäre sinnlos gewesen, zumal Sadiya auch nicht darauf aus war, sich mit Amna zu verschwägern. Danach dauerte es nicht lange, und als nächster Bewerber erschien Idris. Viele Mädchen im Dorf wären gern seine Frau geworden, denn er war gebildet und arbeitete als Lehrer in einer Grundschule. Er war friedfertig und kam gut mit den Leuten aus. Er gehörte zwar nicht zu den alteingesessenen Sippen, die im Dorf den Ton angaben, doch sein Vater hatte sich durch Fleiß und Umgänglichkeit die Anerkennung der Leute erworben. Es war eine gute, wohlhabende Familie. Hadsch Ibrahim, Nimas Vater, ihre Mutter Sadiya und auch ihre drei Brüder waren geneigt, Idris zu akzeptieren. Nima dagegen war anderer Ansicht. Sie zuckte die Achseln und sagte: »Ich will ihn nicht.« Hadsch Ibrahim redete heftig auf sie ein und wollte sie schon schlagen, als er plötzlich innehielt. Irgend etwas an diesem eigensinnigen

Mädchen erstickte seinen Zorn, vielleicht ihre Augen, vielleicht die ruhige Entschlossenheit in ihrem Gesicht. Er fühlte wohl, daß sie weder ungehorsam noch aufsässig war, sondern aus innerem Antrieb einem Ziel folgte, von dem sie niemand abhalten konnte. Seit diesem Tag sprach niemand mehr mit ihr über die Heirat.

Wenn Nima mit sich und ihren Gedanken allein war und ihr die Heirat durch den Kopf ging, so fühlte sie, diese würde kommen, ohne daß sie wußte, woher. So, wie Gottes Geschick über die Menschen kommt, wie man geboren wird, stirbt oder krank wird. Wie sich jedes Jahr der Nil weiß färbte, die Stürme wehten und die Palmen Früchte trugen, wie der Regen fiel und die Jahreszeiten wechselten, so würde auch ihre Heirat eintreten, eine Bestimmung, die Gott auf seiner Tafel festgelegt hatte, noch bevor sie geboren wurde, bevor es den Nil gab und die Erde und alle Dinge darauf geschaffen waren. Bei diesem Gedanken empfand sie weder Freude noch Furcht oder Schmerz, vielmehr ahnte sie eine große Verantwortung, die sie irgendwann einmal zu tragen hätte, vielleicht bald, vielleicht später. Ihre Freundinnen in der Nachbarschaft, jedes andere Mädchen, das heranwuchs, hatte eine feste Vorstellung von dem Freier, der eines Abends sein Pferd in aller Stille vor dem Hof anbinden, hereinkommen und sie aus der Familie entführen würde, um mit ihr in eine Zauberwelt von Glück und Sorglosigkeit zu entfliehen. Doch Nima hatte kein bestimmtes Bild vor Augen. Mit dem Erwachsenwerden reifte eine überströmende Liebe in ihr heran, die sie eines Tages einem Mann zum Geschenk machen würde. Vielleicht war er verheiratet, hatte bereits Söhne und nahm sie als zweite Frau. Vielleicht war er jung, sah gut aus und war gebildet, oder es war einer der einfachen Bauern im Dorf, dessen Hände und Füße vom Waten im Wasser und der Arbeit mit der Hacke rissig waren. Vielleicht war es der Zain... und wenn ihr der Zain einfiel, wurde es Nima warm ums Herz, etwa so wie einer Mutter, die an ihre Söhne denkt. Daneben empfand sie auch Mitleid, denn er kam ihr vor wie ein verwaistes, einsames Kind, das der Fürsorge bedurfte. Immerhin, er war ihr Vetter, und ihr Mitgefühl war nicht ungewöhnlich.

Die Mutter des Zain kümmerte sich nicht darum, wo er die Nacht verbrachte, denn er war ein unruhiger Geist, an keinen festen Ort gebunden. Überall, wo Hochzeit gefeiert wurde, war auch der Zain zu finden, bei Talhas Leuten, bei den Nomaden von al-Goz, im Norden oder im Süden.

Weder Kälte, nächtliche Stürme noch das Hochwasser der jährlichen Nilflut konnten ihn davon abhalten. Seine Ohren besaßen ein seltenes Gespür für die Jubeltriller der Frauen, er hörte sie über Meilen hinweg. Dann schlug er den Tob über die Schultern und eilte davon, als ob ihn die Stimmen unwiderstehlich anzögen. Und wenn manchmal dort, wo die Wagen aus Omdurman entlangkamen, hinter den Sandhügeln plötzlich ein Lichtkegel aufstrahlte, fiel er auf eine dürre Gestalt, die vornübergebeugt und mit gesenktem Blick hastig gegen Osten durch den Sand stapfte. Erblickten die Reisenden den Zain, so wußten sie gleich, daß es in der Gegend eine Hochzeit gab. Entweder riefen sie im Vorbeifahren laut zu ihm hinüber, oder sie ließen anhalten, um ihre Späße zu machen. Gelegentlich zog er auch mit einer ganzen Schar von ihnen weiter. Zuerst war das Trillern der Frauen zu hören, die einzelnen Stimmen wurden deutlich, und der Zain konnte genau sagen, welche Frau gerade zu hören war. Dann wurden die Lichter heller, unter denen schattenhafte Gestalten auf- und niedertanzten wie Kobolde an einem verzauberten Ort. Schließlich trat der Staub hervor, den die Tanzenden aufwirbelten und der die Lichtstrahlen durchzog. Plötzlich erschallte dann ein Ruf in der

Nacht, den alle kannten: »He, ihr Leute, ihr Tänzer, jetzt kommt der Zain!« Da war er auch schon herbeigesprungen und stand mitten unter den Tanzenden. Sofort brandete Begeisterung auf, der Zain hatte alle in Schwung gebracht. Noch in weiter Ferne war das Geschrei der Begrüßung zu hören: »Herrlich! Herrlich! Willkommen!« Waren dann die Stimmen der Frauen verklungen, die Lichter ausgegangen, und machten sich die Leute kurz vor dem Morgengrauen auf den Heimweg, so legte der Zain den Kopf auf einen Stein oder Baumstumpf und schlief eine Weile, so leicht wie ein Vogel, bis der Ruf zum Morgengebet ertönte. Dann kehrte er heim und weckte seine Mutter, damit sie ihm Tee machte.

Eines Morgens aber ertönte der Gebetsruf, und der Zain war nicht heimgekehrt. Der östliche Horizont rötete sich, die Sonne ging auf. Dann stieg sie bis in Mannshöhe empor, und er war noch immer nicht zurück. Seine Mutter verspürte nichts Gutes, denn es war immer ein sicheres Anzeichen, daß ihr oder einem Angehörigen etwas Übles zustoßen würde. Eben wollte sie den Onkel des Zain aufsuchen, da nahm sie eine Bewegung am Hoftor wahr, das große Tor knarrte, dann war ein lauter Schlag zu hören. Plötzlich erblickte sie etwas

Furchtbares. Sie schrie auf, daß es sogar Hadsch Ibrahim hörte, der vier Häuser weiter auf seiner Gebetsmatte den Morgenkaffee trank. Männer und Frauen strömten ins Haus. Die Mutter des Zain wurde ohnmächtig hinausgetragen. Man teilte sich; die einen gingen mit ihr fort, die anderen, zumeist die Männer, drängten sich um den Zain. Er hatte eine große Wunde am Kopf. Sie reichte fast bis zum rechten Auge. Brust, Tob und Hosen waren blutüberströmt. Die Leute verloren die Fassung.

Abd al-Hafiz schrie den Zain mit geröteten Augen zornig an: »Sag uns, wer dir das angetan hat! Wer ist der Hund, der Verbrecher, der dich geschlagen hat?«

Die Frauen schrien durcheinander, einige brachen in Tränen aus. Nima stand schweigend abseits, den Blick auf den Zain geheftet, in ihren Augen lag diesmal kein Zorn, sondern tiefes Mitgefühl.

Hadsch Ibrahim sagte: »Der Arzt!«

Diese Worte löschten die Erregung, das Geschrei der Frauen beruhigte sich.

Mahajub rief ebenfalls: »Der Arzt!«

»Der Arzt!« rief jetzt auch Abd al-Hafiz, und Ahmad Ismail ritt auf seinem Esel davon, um ihn zu holen.

Der Zain blieb zwei Wochen im Krankenhaus von Merowe. Bei seiner Rückkehr strahlte sein Gesicht vor Sauberkeit, und seine Kleider waren blendend weiß. Als er lachte, blickten die Leute nicht mehr wie früher auf seine beiden gelben Zähne, sondern da waren oben und unten ganze Zahnreihen, die wie Perlmutt schimmerten. Es war, als ob er ein anderer Mensch geworden wäre. Nima stand unter denen, die ihn begrüßten, und ihr fiel auf, daß der Zain eigentlich nicht ohne Schönheit war.

Lange Zeit hindurch redete er nur von seiner Reise nach Merowe. Es bereitete ihm Vergnügen, wenn er seine alten Freunde um sich hatte, Mahajub, Abd al-Hafiz, Ahmad Ismail, Hamad Wadd ar-Rayyis, at-Tahir ar-Rawwasi und Said, den Händler. Dann erzählte der Zain ihnen seine Erlebnisse: »Also, gleich als ich ankam, zogen sie mich aus und steckten mich in saubere Kleider. Das Bett glänzte, und die Laken waren so weiß wie Milch. Und dann die Decken... und der Fußboden war so glatt, daß man ausrutschen konnte...«

Mahajub unterbrach ihn und zog ihn auf: »Laß doch die Decken und den Fußboden! Womit haben sie dir denn deinen Bauch gefüllt, diesen dikken Sack?«

Dem Zain zitterten die Lippen wie vor einem Festessen: »Ach, das Essen im Krankenhaus von Merowe war einmalig! Es gab Fisch, Eier, Fleisch und dann wieder Huhn!«

Noch einmal unterbrach ihn Mahajub: »Ist das Essen im Krankenhaus nicht ein bißchen knapp? Wie bist du denn sattgeworden?«

Da lächelte Zain breit und bedachtsam, so daß seine neuen Zähne zum Vorschein kamen: »Die Krankenschwester war meine Freundin, so saß ich an der Quelle!«

»Gott stehe uns bei«, rief Abd al-Hafiz, »du abscheulicher Kerl! Hast du dich auch noch an die Krankenschwester herangemacht?«

Der Zain lachte verhalten, er zitterte dabei am ganzen Körper: »Klar... klar... Mann, das war ein hübsches kleines Mädchen.«

Nun mischte sich Wadd ar-Rayyis ein, der bisher nur wortlos lachend zugehört hatte: »Beim Propheten, beschreib sie uns!«

Der Zain schaute sich um, als ob er fürchtete, es könnte ihn jemand hören, und dämpfte seine Stimme: »Im Vertrauen gesagt, hatte die einen Hintern!«

Für eine Weile stockte die Erzählung, denn die anderen brüllten vor Lachen. Sobald Hamad Wadd ar-Rayyis wieder zu Atem kam, fragte er noch keuchend: »Was hast du denn mit ihr angestellt, du Taugenichts?«

Der Zain fuhr fort, als habe er es überhört: »Ein hübsches Mädchen aus Omdurman, ohne Tätowierungen im Gesicht.«

Da schob sich Wadd ar-Rayyis näher an den Zain heran und fragte noch einmal mit anderen Worten: »Wie hast du denn gesehen, was für einen Hintern sie hatte?«

»Bin ich denn blind?« erwiderte der Zain, »meinst du, ich sehe nicht, was ich vor mir habe?«

Mahajub freute sich anscheinend über diese Antwort, denn er sagte, zu Wadd ar-Rayyis gewandt: »Der Bursche ist gewitzt, auch wenn sie ihn für blöd halten.«

Der Zain legte die Hände hinter den Kopf und lehnte sich etwas zurück. Dann sprach er langsam mit boshaftem Lächeln: »Wollt ihr wissen, Leute, was ich mit ihr angestellt habe?«

Wadd ar-Rayyis antwortete voller Ungeduld: »Beim Propheten, Zain, was denn?«

Sein Lächeln wurde breiter, er öffnete den Mund, um zu erzählen. Im Schein der großen Lampe in Saids Laden spiegelte sich irgend etwas auf seinen Zähnen. Da schnellte er plötzlich empor, als hätte ihn ein Skorpion gestochen. Augenblicklich sprangen auch Ahmad Ismail, Mahajub, at-Tahir ar-Rawwasi und Hamad Wadd ar-Rayyis auf. Abd al-Hafiz schrie: »Haltet ihn fest!«

Doch er war schneller als sie. Im Handumdrehen hatte er einen Mann hochgerissen und zu Boden geworfen, dann packte er ihn am Hals. Alle machten sich über den Zain her, Ahmad Ismail packte ihn an der Rechten, Abd al-Hafiz an der Linken, at-Tahir ar-Rawwasi umschlang seine Taille, Hamad Wadd ar-Rayyis hielt seine Beine fest. Said, der im Laden gerade etwas abwog, kam herausgestürzt und packte ihn ebenfalls an den Beinen. Aber vergebens.

In diesem mageren Körper steckte etwas Fürchterliches, Unbändiges, dem niemand gewachsen war. Alle Leute im Dorf kannten diese entsetzliche Kraft und fürchteten sich davor, und seine Familie bemühte sich sehr, daß er sie nicht gegen jemanden einsetzte. Mit Schrecken dachten sie daran, wie er einmal einen Stier, der ihn auf dem Feld angriff, bei den Hörnern packte, wie ein Bündel Stroh emporhob und zu Boden warf, so daß er mit zerschlagenen Knochen liegenblieb. Ein andermal hatte er in einem Ausbruch einen Akazienbaum ausgerissen, als wäre er ein Hirsestengel. Sie alle wußten, daß in diesem unansehnlichen

Körper unvorstellbare, übermenschliche Kräfte schlummerten, und Saif ad-Din, der kümmerliche Held, auf den sich der Zain gestürzt hatte, war unweigerlich verloren. Eine Weile riefen sie durcheinander. Der Zain sprach immer wieder voll Zorn: »Den Eselskerl bringe ich um!« – »Eselskerl« war das äußerste Schimpfwort, das er für einen Mann übrig hatte.

Abd al-Hafiz rief erregt und voller Angst: »Beim Propheten, Zain, um Gottes Willen, laß ihn los!«

Mahajub fing vor Verzweiflung an zu schimpfen. Ahmad Ismail war der jüngste und stärkste von ihnen: Als er erlahmte, biß er den Zain in den Rücken. At-Tahir ar-Rawwasi war für seine ungewöhnliche Kraft weitherum bekannt; er durchschwamm nachts beim Fischen den Nil von einem Ufer zum anderen und konnte eine halbe Stunde unter Wasser bleiben, ohne Luft holen zu müssen. Doch gegen den Zain waren diese Kräfte nichts. In dem Getümmel hörten sie ein Röcheln aus Saif ad-Dins Kehle und sahen seine langen Beine in die Luft stoßen. Mahajub schrie: »Er stirbt! Er hat ihn umgebracht!«

Über dem Geschrei ertönte überraschend die Stimme Hanins ruhig und ernst: »Zain, Gesegneter, Gott bewahre dich!« Da löste sich der Griff, Saif ad-Din fiel zurück, leblos und stumm. Auch die sechs Männer fielen alle zu Boden, überrascht von Hanins Stimme und dem unvermittelten Nachgeben des Zain, als wäre plötzlich eine Wand eingestürzt, gegen die sich alle gestemmt hatten. Für kurze Zeit, nur einen Augenblick lang, herrschte völlige Stille; es müssen sich dabei Schrecken und Verwirrung mit Hoffnung gemischt haben. Darauf kehrte wieder Leben in sie zurück. Saif ad-Din fiel ihnen ein. Sie beugten sich über ihn. Mahajub rief mit freudig zitternder Stimme: »Gott sei Dank! Gott sei Dank!« Sie hoben ihn auf und legten ihn auf eine Bank vor Saids Laden. Murmelnd und zitternd machten sie sich daran, ihn ins Leben zurückzurufen. Erst jetzt dachten sie wieder an den Zain. Er saß am Boden, die Hände zwischen den Knien, mit gesenktem Kopf. Hanin hatte ihm liebevoll die Hand auf die Schulter gelegt, er sprach zu ihm ernst, doch voller Zuneigung: »Zain! Gesegneter! Warum hast du das getan?«

Mahajub kam und schrie den Zain an, doch Hanin brachte ihn mit einem Blick zum Schweigen. Nach einer Weile sagte Mahajub: »Wärest du nicht gekommen, unser Herr, dann hätte er ihn getötet!«

Ahmad Ismail und at-Tahir ar-Rawwasi kamen herbei; Abd al-Hafiz, Said, der Händler, und Hamad Wadd ar-Rayyis blieben bei Saif ad-Din. Nach einer Weile sprach der Zain, der immer noch den Kopf gesenkt hielt; er wiederholte Mahajubs Worte: »Wärest du nicht gekommen, unser Herr, dann hätte ich ihn getötet. Der Eselskerl. Schlug mir das Beil über den Kopf und meinte wohl, ich würde nichts weiter dazu sagen!«

Es lag kein Zorn darin; eher war es seine heitere Stimme. Ein heimliches Zittern der Freude überkam dic anderen, doch sie schwiegen.

Hanin sprach: »Aber warst du nicht im Unrecht?« Der Zain blieb eine Weile still. Hanin fuhr fort: »Wann hat dir Saif ad-Din das Beil über den Kopf geschlagen?«

Lachend und mit heiterem Gesicht antwortete der Zain: »Bei der Hochzeit seiner Schwester.«

Hanin fragte weiter, und auch in seiner Stimme lag ein heiterer Klang: »Was hast du denn mit seiner Schwester bei ihrer Hochzeit gemacht?«

»Seine Schwester mochte mich, doch sie haben sie an einen gemeinen Kerl verheiratet!«

Ahmad Ismail mußte unwillkürlich lachen. Und Hanin sprach noch sanfter und liebevoller: »Alle Mädchen mögen dich, du Gesegneter! Morgen wirst du das beste Mädchen im Dorf heiraten.«

Mahajub fühlte sein Herz klopfen. In ihm steckte eine geheime Scheu vor den Leuten des Glaubens, besonders vor Asketen wie Hanin. Er fürchtete sie, ging ihnen aus dem Weg und ließ sich nicht mit ihnen ein. Dennoch achtete er auf ihre Prophezeiungen. Bei aller äußeren Gleichgültigkeit fühlte er, daß sie geheimnisvolle Macht besaßen, und sagte sich: ›Die Prophezeiungen solcher Asketen sind nicht ins Leere gesprochen!‹ Dies war es wohl, weswegen er nun lauthals und verächtlich ausrief: »Wer soll denn dieses Ungeheuer heiraten? Will er uns obendrein noch eine Hexe anbringen?«

Hanin warf Mahajub einen strengen Blick zu, der ihm bis ins Mark ging, doch er nahm seinen Mut zusammen. Hanin sprach: »Der Zain ist kein Ungeheuer. Er ist gesegnet. Morgen wird er das beste Mädchen aus dem Dorf heiraten.«

Plötzlich lachte der Zain unschuldig wie ein Kind und sagte: »Ich wollte ihn töten. Der Eselskerl. Schlägt mich mit dem Beil, nur weil seine Schwester mich mag?«

Hanin sagte energisch: »Du solltest dich jetzt mit ihm versöhnen! Was geschehen ist, ist geschehen. Er hat dich geschlagen, und du hast ihn geschlagen!« Er rief nach Saif ad-Din, und dieser trat vor ihn, in seiner ganzen Länge, umgeben von Said, Abd al-Hafiz und Hamad Wadd ar-Rayyis. Hanin sprach zu dem Zain: »Steh auf und küsse ihm den Kopf!«

Der Zain stand ohne jedes Widerstreben auf, faßte Saif ad-Dins Kopf und küßte ihn. Dann beugte er sich über Hanin, bedeckte dessen Haupt mit Küssen und sprach: »Hanin, unser Herr, unser Vater, du Gesegneter!«

Es war ein ergreifender Augenblick, der die Männer verstummen ließ. Mit Tränen in den Augen sagte Saif ad-Din zum Zain: »Ich habe dir Unrecht getan. Vergib mir!« Er küßte ihm den Kopf, dann ergriff er Hanins Hand und küßte sie. Nun kamen sie alle, Mahajub, Abd al-Hafiz, Hamad Wadd ar-Rayyis, at-Tahir ar-Rawwasi, Ahmad Ismail und Said der Händler. Jeder von ihnen ergriff schweigend Hanins Hand und küßte sie.

Hanin sprach mit seiner leisen sanften Stimme: »Gott segne euch! Möge Er euch seine Gnade schenken!« Dann stand er auf und nahm seine Wasserkanne in die Hand.

Mahajub beeilte sich, ihn einzuladen: »Du mußt heute mit uns zu Abend essen!«

Doch Hanin lehnte freundlich ab und legte dem Zain die andere Hand auf die Schulter: »Das Abendessen gibt es heute im Haus dieses Gesegneten.«

Beide verschwanden in der Dunkelheit.

Für eine Weile lag ein Schimmer der Lampe aus Saids Laden über den Köpfen, dann glitt das Licht wie ein weißes, seidenes Gewand von ihnen ab. Mahajub blickte zu Abd al-Hafiz, Said zu Saif ad-Din, sie alle schauten einander an und schüttelten den Kopf.

Viele Jahre danach – Mahajub und auch Abd al-Hafiz, at-Tahir ar-Rawwasi und die anderen hatten schon viele Enkel, Ahmad Isamil war längst Vater, seine Töchter waren schon im heiratsfähigen Alter – dachten alle im Dorf noch immer an jenes Jahr und an das Geschehen zurück, das sich zwischen dem Zain, Hanin und Saif ad-Din vor Saids Laden abgespielt hatte. Sie, die dabeigewesen waren, erinnerten sich mit Entsetzen und Scheu daran, auch Mahajub, den zuvor nichts hatte erschüttern können. Bei jedem dieser acht Männer hatte sich das Leben auf die eine oder andere Weise verändert. Für den Rest ihrer Tage würden sie sich untereinander den Ablauf des Geschehens unzählige Male in Erinnerung rufen. Jedesmal erschienen die Einzelheiten dabei geheimnisvoller. Mit Staunen dachten sie daran, wie Hanin plötzlich bei ihnen aufgetaucht war, ohne daß sie wußten woher, genau in jenem Augenblick, als der Zain Saif ad-Din bereits die Kehle zudrückte und ihn schon fast getötet hatte. Einige behaupteten sogar, Saif ad-Din sei bereits tot gewesen; er hatte ja seinen letzten Atemzug getan und war leblos zu Boden gesunken. Auch Saif ad-Din bestätigte diese Behauptung; er sagte, er sei wirklich gestorben. Als ihm der Zain die Kehle zudrückte, habe er das Bewußtsein verloren. Er habe ein riesiges Krokodil, groß wie ein Stier, mit geöffnetem Maul vor sich gesehen, die Kiefer seien über ihm zugeschnappt. Eine gewaltige Welle, hoch wie ein Berg, habe dann das Krokodil in einen tiefen, bodenlosen Abgrund geschmettert. Hierbei, meinte Saif ad-Din, habe er dem Tod ins Auge geschaut. Abd al-Hafiz, der ihm am nächsten stand, als er wieder zu Atem kam und das Bewußtsein erlangte, versicherte, das erste, was Saif ad-Din über die Lippen brachte, als er die Augen aufschlug, sei das Glaubensbekenntnis gewesen: »Ich bezeuge: Es gibt keinen Gott außer Gott, und Muhammad ist sein Prophet!«

Was auch geschehen sein mochte, Tatsache war, daß nach jenem Augenblick im Leben Saif ad-Dins ein Wandel eintrat, den sich niemand hatte träumen lassen. Saif ad-Din war der einzige Sohn Badawis. Badawi hieß »der Goldschmied«, weil er anfangs dieses Handwerk ausgeübt hatte. Als er reich wurde und nicht mehr als Goldschmied arbeitete, blieb es bei diesem Namen. Er war ein wohlhabender Mann, vielleicht der reichste im ganzen Dorf. Einen Teil seines Vermögens hatte er sich selbst mit dem Goldschmiedehandwerk, durch Handel und Reisen mühsam erarbeitet, der andere Teil war durch seine Frau an ihn gekommen. Wie man im Dorf sagte, hatte er eine glückliche Hand. Was er auch anfaßte, schlug zu seinem Besten aus. In weniger als zwanzig Jahren hatte er aus dem Nichts ein Vermögen geschaffen, das zum Teil aus Grund und Boden bestand, zum Teil aus einem ausgedehnten Handel, der sich den ganzen Nil entlang von Karma bis Karima erstreckte, aus Schiffen, die den Nil mit Datteln und Handelsgütern der Länge und Breite nach durchzogen, außerdem aus reichem Goldschmuck, den seine Frau und seine Töchter um Hals und Arme trugen. Saif ad-Din wuchs als einziger Sohn unter fünf Töchtern auf; Mutter, Vater und Schwestern verwöhnten ihn. So mußte er unweigerlich mißraten. Wie man im Dorf meinte, mußte er schwächlich und widerstandslos werden wie ein junger Baum, der im Schatten eines älteren steht und weder Wind noch Sonne ausgesetzt ist. Badawi starb voll Bitterkeit über den Sohn. Für seine Ausbildung hatte er viel Geld ausgegeben, aber umsonst. Er richtete ihm im Dorf einen Laden ein, doch bereits nach einem Monat war er am Ende. Dann brachte er ihn in einer Werkstatt unter, damit er ein Handwerk erlerne, aber er lief davon. Nach langem Hin und Her erreichte er durch Vermittlung und Fürsprache, daß Saif ad-Din vom Staat als kleiner Beamter eingestellt wurde. So konnte er vielleicht lernen, auf eigenen Füßen zu stehen. Doch kaum waren einige Monate vergangen, als allmählich üble Nachrichten eintrafen, von Feinden und Freunden, von Schadenfrohen und Mitleidigen überbracht: Sein Sohn bringe die ganze Nacht in der Schenke zu und lasse sich im Büro nur ein- oder zweimal in der Woche blicken; seine Vorgesetzten hätten ihn schon mehrmals verwarnt und ihm die Entlassung angedroht. Badawi fuhr selbst in die Stadt, brachte seinen Sohn zurück und schleppte ihn wie einen Gefangenen nach Hause. Er schwor, ihn sein Leben lang wie einen Sklaven zur Arbeit auf dem Feld zu zwingen – so waren seine Worte.

Ein ganzes Jahr lang fütterte Saif ad-Din die Rinder, weidete tagsüber das Vieh am Rande der Felder, säte, erntete, schnitt Gras und stöhnte dabei. Dennoch hatte er nachts sein Vergnügen. Er kannte die Plätze, an denen Alkohol zu haben war, und freundete sich mit den Mädchen an, die ihn herstellten – »Sklavinnen«, wie sie im Dorf hießen. Es waren Sklaven, die ihre Freiheit erhalten hatten. Manche von ihnen waren fortgezogen und hatten weitab vom Ort ihres Sklavendaseins eine Ehe geschlossen. Andere waren mit freigelassenen Sklaven verheiratet, führten ein ehrbares Leben und blieben ihren ehemaligen Herren in Zuneigung verbunden. Einige jedoch hatten keine Lust zu einem geordneten Dasein. Sie blieben am Rande des dörflichen Lebens, ein Anziehungspunkt für jeden, der Leidenschaft und Vergnügen suchte. Die Gesellschaft dieser Mädchen hatte wirklich etwas Sonderbares; in ihr lebten Abenteuer, Auflehnung und der Verstoß gegen gewohnte Regeln. Dort am Rande der Steppe, weitab von der Siedlung, duckten sich die Strohhütten zusammen. Nachts, wenn alle Leute schliefen, drang das flackernde Licht der Lampen herüber, trunkenes, vergnügtes Gelächter war zu hören. Den Leuten im Dorf waren die Hütten ein Dorn im Auge. Sie brannten sie nieder, doch wie unaustilgbares Halfagras wuchsen sie von neuem aus dem Boden. Man vertrieb die Bewohner und quälte sie in jeder Weise, doch nicht lange, und sie sammelten sich von neuem wie Fliegen auf einer toten Kuh. Manchem halbwüchsigen Jungen klopfte im Dunkeln das Herz, wenn die Nacht das Lachen der Mädchen und den Lärm der Betrunkenen zu ihm herübertrug. Diese »Oase« am Rande der Steppe hatte etwas Unheimliches, das süß und schaurig zugleich erschien und zur Entdeckung reizte. Für Saif ad-Din war es nicht schwierig, den Weg dorthin zu finden. Er verbrachte die Nächte dort und hatte eine Geliebte bei ihnen. All dies ertrug sein Vater mit Geduld. Das Gerede drang zu ihm, manchmal hörte er nicht hin, manchmal wurde er zornig. Doch seine Geduld war zu Ende, als Saif ad-Din eines Abends zu ihm trat, während er gerade nach dem Gebet auf dem Teppich saß. Er roch nach Alkohol, seine Stimme war heiser vom nächtlichen Zechen, als er sagte, er liebe Sarra – eines dieser Mädchen – und wolle sie heiraten. Dem Vater wurde schwarz vor Augen, er verlor die Beherrschung. Sein einziger Sohn, betrunken und sündhaft, wagte es, ihm beim Gebet zu sagen, er »liebe« – ein Wort, das bei allen Vätern gleichbedeutend war mit trägem Nichtstun und Unmännlichkeit. Er wollte ein unsittliches, schamloses Mädchen heiraten! Badawi stand auf und schlug heftig auf ihn ein. Die Mutter kam schreiend angerannt, die Leute liefen zusammen. Schließlich befreiten sie den Sohn mehr tot als lebendig aus den Händen des Vaters. Dieser schwor, sein schändlicher Sohn – so drückte er sich aus – solle keine einzige Nacht mehr unter seinem Dach verbringen; er sei nicht mehr sein Kind, er selbst sage sich von ihm los.

Saif ad-Din blieb über Nacht im Hause seines Onkels, am Morgen verschwand er. Doch Badawi, der Goldschmied, verbrachte sein Lebensende wie in einer schweren Krankheit. Der Kummer grub sich in sein Herz. Sein Gesicht war mager und schweißgebadet wie bei einem Schwindsüchtigen. Er sprach davon, daß sein Sohn gestorben sei. Wenn er ihn versehentlich einmal erwähnte, geschah es so, als sei er wirklich tot.

Im Dorf häuften sich schlimme Nachrichten über Saif ad-Din. Er habe in Khartoum wegen Diebstahls im Gefängnis gesessen, sei einmal in Port Sudan des Mordes verdächtigt und beinahe gehängt worden, hätte man nicht zuallerletzt den wahren Täter gefunden. Er lebe als »Strolch« ohne Sitten in jeder Stadt bei den Huren. Bald erzählte man, er sei Lastträger und schleppe im Hafen Baumwollballen, dann wieder, er fahre einen

Lastwagen zwischen al-Fasher und al-Ubayyid. Manchmal hieß es, er pflanze in Tokar Baumwolle an. Die Brüder seiner Eltern versuchten den Vater zu einem Testament zu überreden, das den gesamten Reichtum seiner Frau und den Töchtern zusprach. Alle vernünftigen Männer im Dorf hielten dies für richtig. Doch Badawi fand immer wieder Ausflüchte. Er gab vor, er werde es tun, sobald er sein Ende nahe fühle; jetzt sei er noch kräftig genug und brauche kein Testament zu machen. Wenn die Männer zusammensaßen, meinten sie mit besorgtem Kopfschütteln, Badawi habe wohl immer noch die Hoffnung, daß sein Sohn auf den rechten Weg zurückkehre. Für alle unverständlich, hinderte ihn irgend etwas daran, den letzten Schritt zu tun und seinen Sohn zu enterben.

Dann, in einer Nacht im Ramadan, starb Badawi nach den nächtlichen Gebeten auf seiner Matte. Er war ein guter Mensch gewesen, und er starb wie alle guten Menschen im letzten, gnadenreichsten Abschnitt des Ramadan auf seiner Matte nach den nächtlichen Gebeten. Die Leute schüttelten den Kopf und sagten: »Gott sei Badawi gnädig. Er war ein guter Mensch und hätte einen besseren Sohn verdient als so einen schändlichen Kerl!«

Während die Leute noch Trauer hielten, kam eines Tages, als sie gerade die vorgeschriebene Speisung der Armen beendet hatten, Saif ad-Din herein. Er trug einen dicken Stock, wie man ihn im Ostsudan verwendet, und hatte keinerlei Gepäck bei sich. Sein Haar stand buschig nach allen Seiten wie ein Akazienstrauch, sein Bart war dicht und schmutzig, sein Gesicht sah aus, als käme er geradewegs aus der Hölle. Er grüßte niemanden, alle Augen wichen ihm aus. Doch der älteste Bruder seines Vaters stand auf und spie ihm ins Gesicht. Seine Mutter befand sich mit den Frauen der Trauergesellschaft im anderen Flügel des Hauses. Als die Nachricht von seiner Ankunft zu ihr drang, brach sie von neuem in Klagegeschrei aus, als ob ihr Gatte eben erst gestorben wäre. Die Schwestern und Tanten Saif ad-Dins fielen ein, die ganze Gesellschaft der Frauen geriet außer sich, alle schrien durcheinander, bis der Bruder des Vaters zu ihnen hinüberging und sie mit heftigen Worten zum Schweigen brachte.

Bei alledem war es nicht zu verhindern, daß Saif ad-Din das väterliche Vermögen in Besitz nahm. Sein Onkel konnte lediglich der Mutter und den Schwestern ihren Anteil sichern, doch der größte Teil blieb in seiner Hand. Damit begann auch der

Leidensweg für Musa, den Freund des Zain – Musa der Lahme, wie er im Dorf hieß. Saif ad-Din jagte ihn fort, unter dem Vorwand, Musa sei kein Sklave mehr, und er selbst sei nicht für ihn verantwortlich. Danach führte er ein zügelloses Leben, das durch den Reichtum in seinen Händen nur noch schlimmer wurde. Er war ständig auf Reisen, bald im Osten, bald im Westen, blieb einen Monat in Khartoum, dann wieder in Kairo oder Asmara. Er kam nur ins Dorf, um Land zu verkaufen oder eine Ernte einzulösen. So ein Mensch war den Leuten in ihrem ganzen Leben noch nicht begegnet. Sie mieden ihn wie einen Aussätzigen. Selbst die nächsten Verwandten, die Brüder seiner Eltern, ließen ihn nicht in ihre Häuser und schlugen vor ihm die Türen zu, aus Furcht, er könne ihre Söhne verderben oder über ihre Töchter Schande bringen. Bei einem seiner unregelmäßigen Besuche im Dorf traf er auf die Hochzeitsfeierlichkeiten seiner Schwester – seine Familie vermied es, daß er an ihren Hochzeiten teilnahm. Und zu Trauerfeierlichkeiten kam er von selbst nicht.

Diese Hochzeit aber wäre durch ihn beinahe zu einer Tragödie geworden. Zum einen wegen der Geschichte mit dem Zain. Dieser trieb seine üblichen Scherze und Späße, die niemanden bekümmerten, Saif ad-Din aber gefiel das nicht, und er schlug ihn mit einem Beil über den Kopf. Er wäre beinahe dafür ins Gefängnis gekommen, hätten nicht die vernünftigen Leute eingegriffen. Sie meinten, Saif ad-Din sei nicht einmal die Zeit wert, die man bei einem Prozeß auf ihn verschwenden müsse. Danach hätte sich der Bräutigam im letzten Augenblick fast eines anderen besonnen, denn er geriet mit Saif ad-Din, dem Bruder der Braut, in Streit. Noch einmal versammelten sich die vernünftigen Leute, darunter auch der Vater des Bräutigams, und erklärten, Saif ad-Din sei keiner von ihnen, seine Teilnahme an der Hochzeit stelle ein Übel dar, das sie nicht abwenden könnten.

Schließlich strömten in der letzten Woche der Hochzeitsfeier fremde Gestalten zu Dutzenden herbei, die niemand vorher gesehen hatte. Es kamen anrüchige Frauen, Männer mit lüsternem Blick, Vagabunden und Strolche; keiner wußte, woher. Alles Freunde von Saif ad-Din, die er zur Hochzeit seiner Schwester eingeladen hatte. Nun war den Leuten klar, daß etwas geschehen mußte. Noch bevor diese Gäste sich ausbreiten konnten, erschien eine Gruppe der Männer des Dorfes, an ihrer Spitze Ahmad Ismail, dann Mahajub, Abd al-Hafiz, at-Tahir ar-Rawwasi, Hamad Wadd ar-

Rayyis, die Onkel Saif ad-Dins, insgesamt an die dreißig Mann mit dicken Knüppeln und Beilen in den Händen. Sie schlossen die Tore und schlugen kräftig auf die anderen ein, am meisten auf Saif ad-Din. Dann warfen sie sie hinaus. Das ganze Dorf stöhnte noch unter jener Plage namens Saif ad-Din, da trat plötzlich, nach dem Vorfall mit Hanin, ein Wandel bei ihm ein, als sei er neu geboren worden.

Anfangs trauten die Leute ihren Augen nicht, doch Saif ad-Din tat jeden Tag etwas Neues. Zuerst hörten sie, er sei am frühen Morgen zu seiner Mutter gegangen, habe ihr das Haupt geküßt und lange bei ihr geweint. Kaum hatten sie das aufgenommen, da hörten sie, er habe die Brüder seines Vaters und seiner Mutter zusammengerufen, ihnen seine Reue erklärt und Gott um Verzeihung gebeten; zum Zeichen seiner Umkehr habe er die Verfügung über den Rest des väterlichen Vermögens dem ältesten Bruder seines Vaters übertragen, bis er ganz dazu imstande sei, die Verantwortung zu übernehmen. Kaum hatten sich die Leute im Dorf an diese Neuigkeit gewöhnt, als sie zu ihrem Erstaunen sahen, wie Saif ad-Din zum Freitagsgebet in die Moschee kam. Er hatte sich den Bart abrasiert, seinen Schnurrbart gestutzt und trug saubere

Kleider. Die Teilnehmer am Gebet erzählten, er habe bei der Predigt des Imam, die von der Ehrerbietung gegen die Eltern handelte, lange und heftig geweint und sei schließlich ohnmächtig geworden. Die Leute scharten sich um ihn und versuchten, ihn zu trösten. Als er die Moschee verließ, ging er sofort zu Musa dem Lahmen, sagte, er habe ihm Unrecht getan, und bat ihn um Verzeihung; künftig wolle er ihn wie sein Vater in Ehren halten. Einen Monat oder fast einen Monat lang erlebte das Dorf Tag für Tag neue Taten Saif ad-Dins: seine Abwendung vom Alkohol, die Trennung von schlechten Freunden, seinen Eifer beim Gebet, das Bemühen um Neuordnung des väterlichen Handels, soweit dieser vernachlässigt war, seine ehrerbietige Behandlung der Mutter, die Verlobung mit seiner Kusine und schließlich den Entschluß, in diesem Jahr die Pilgerfahrt zu machen. Abd al-Hafiz gehörte zu denen, die am meisten von einem Wunder des Hanin überzeugt waren, das sich an Saif ad-Din offenbarte. Immer wenn er eine neue Nachricht hörte, lief er damit zu Mahajub, der für seine Abneigung gegen Leute des Glaubens, insbesondere gegen Asketen, bekannt war. »Mann, ein Wunder, anders kann man es nicht nennen!« Mahajub schwieg; er verspürte jene seltsame Unruhe, die ihn bei solchen Gelegenheiten überkam. »Saif ad-Din will die Pilgerfahrt machen. Mann, hältst du das für möglich! Ob du daran glaubst oder nicht, ein Wunder, ohne jeden Zweifel!« Anfangs hatte Mahajub ihm noch entgegnet, Saif ad-Din habe genug von seinem ausschweifenden Leben, oder, wie er es ausdrückte: »Er hat die Ausschweifung bis zur Grenze getrieben.« So habe er unweigerlich eines Tages umkehren müssen. Als Mahajub jedoch Tag für Tag weitere Überraschungen zu hören bekam, wußte er nichts mehr zu erwidern und schwieg.

Das Wunder an Saif ad-Din war der Anfang vieler ungewöhnlicher Ereignisse, die sich im Dorf zutrugen. Niemand zweifelte mehr daran, auch Mahajub nicht, daß dies alles auf jene Worte zurückzuführen war, die Hanin eines Abends gesprochen hatte. Zu den acht Männern vor Saids Laden hatte er gesagt: »Gott segne euch! Möge Er euch seine Gnade schenken!« Das war kurz vor dem Nachtgebet, eine Zeit, in der Gebete häufig erhört werden, im besonderen von heiligen Männern wie Hanin. Im Dorf war es ruhig und still gewesen, ein leichter, frischer Wind hatte in den Blättern der Palmen gespielt. Die acht Männer, die dabei waren, und auch die anderen, zu Hause und auf den Feldern, alle erinnerten sich deutlich an jenen Abend, als sei es erst gestern gewesen. Dichte, samtene Finsternis lag über dem Dorf, bis auf den schwachen Lichtschein der Fenster und die große, helle Lampe in Saids Laden. Der Sommer ging gerade in die Regenzeit über. Said, der Ladenbesitzer, erinnerte sich genau, die Nacht war nicht so drückend heiß wie die zuvor. Während er für Saif ad-Din Zucker abwog, spürte er keinen Schweiß auf dem Gesicht. Als »die Sache losging«, wie er es ausdrückte, ließ er die Waage im Stich und stürzte aus dem Laden, um den Zain und Saif ad-Din zu trennen. Ein kühler Hauch, so erinnerte er sich noch, wehte ihm dabei ins Gesicht. Diejenigen, die nicht das Glück hatten, dabeizusein, weil sie sich gerade zum Nachtgebet in der Moschee befanden, erinnerten sich, daß der Imam in jener Nacht, bevor er mit ihnen betete, ein Stück aus der Sure »Maria« vortrug. Hadsch Ibrahim, der Onkel des Zain, Nimas Vater, für seine Wahrheitsliebe bekannt, wußte noch genau, daß es der folgende Vers war: »Und schüttle den Stamm der Palme an dich! Dann läßt sie saftige, frische Datteln auf dich herunterfallen.« Dies ist ein Vers voller Gnade und Segen. Hamad Wadd ar-Rayyis, im Dorf für seine weitläufige Phantasie und seinen Hang zur Übertreibung bekannt, behauptete noch, am westlichen Horizont über dem Friedhof sei ein Komet erschienen. Aber keiner hatte in jener Nacht einen Kometen gesehen. Was auch immer, es stand außer Zweifel, daß Hanin, dieser Heilige, in jener gesegneten Nacht zwischen Sommer und Regenzeit, kurz vor dem Nachtgebet in Gegenwart von acht Männern die Worte gesprochen hatte: »Gott segne euch! Möge Er euch seine Gnade schenken!« Und es war, als hätten übernatürliche himmlische Mächte mit »Amen!« darin eingestimmt.

Danach folgten wunderbare Ereignisse so dicht aufeinander, daß es einem den Verstand rauben konnte. Nie zuvor hatte das Dorf ein derart fruchtbares und glückliches Jahr erlebt wie jenes, das sie bald »das Jahr des Hanin« nannten. Es stimmte, daß die Baumwollpreise damals unvergleichlich hoch waren und daß ihnen die Regierung zum ersten Mal in der Geschichte gestattete, Baumwolle anzubauen, was sonst auf andere Gebiete der Region beschränkt blieb. Allein Mahajub hatte, wie er selbst zugab, mehr als tausend Pfund an seiner Baumwolle verdient. Es stimmte auch, daß die Regierung ohne Grund, zumindest ohne erkennbaren Grund, in der Wüste zwei Meilen von ihrem Dorf entfernt ein großes Armeelager errichtete. Soldaten essen und trinken. Durch die Versorgung der Armee mit Gemüse, Obst und Milch erlebte das Dorf einen Aufschwung. Selbst die Dattelpreise waren in jenem Jahr unvergleichlich hoch. Auch die Regierung, ein Geschöpf, das sie in ihren Witzen mit einem störrischen Esel verglichen, beschloß ohne ersichtlichen Grund, in ihrem Dorf tätig zu werden, obwohl sie weder Macht noch Einfluß besaßen und niemanden hatten, der bei den Oberen für sie sprechen konnte. Bei ihnen, und in keinem anderen Ort der Nordregion, sollten zugleich ein großes Krankenhaus mit fünfhundert Betten, eine Oberschule und eine Landwirtschaftsschule errichtet werden. Wieder hatte das Dorf den Nutzen davon; es stellte Arbeitskräfte und Material und konnte die Versorgung mit Lebensmitteln übernehmen, ganz abgesehen davon, daß die Behandlung der Kranken gesichert wurde und die eigenen Söhne Aussicht auf eine angemessene Ausbildung hatten. Wenn alle diese Zeichen nicht ausreichten, wie war es dann zu erklären, daß die Regierung, dieser »störrische Esel«, wie sie meinten, in demselben Jahr, kaum zwei Monate nach Hanins Tod, den Entschluß faßte, ihr Land in ein großes Landwirtschaftsprojekt einzugliedern, das sie selbst mit allen verfügbaren Mitteln in die Hand nehmen würde? Im Dorf wimmelte es plötzlich von Landvermessern, Ingenieuren und Inspektoren. Was die Regierung einmal beschlossen hatte, wird sie auch durchführen. Es vergingen einige Tage, einige Monate, und am Ufer bei ihrem Dorf erhob sich ein mächtiger Bau aus gebrannten Ziegeln wie ein alter Tempel, der seinen Schatten auf den Nil warf. Wenig später lärmten die Arbeiter, der Stahl knirschte, und die Räder dieses Giganten begannen sich plötzlich zu drehen. Wie man Tee einschlürft, so saugten die Pumpenrohre im Handumdrehen ungeheure Mengen des Nilwassers ein, Mengen, die Dutzende ihrer Schöpfräder auch in vielen Tagen nicht hoben. Das weite Land vom Nilufer bis hin zur Steppe, das zum Teil seit Menschengedenken kein Wasser gesehen hatte, war plötzlich ganz und gar überflutet, und in kurzer Zeit quoll es von Leben über. Wie sollte man das erklären? Abd al-Hafiz wußte Bescheid. Er schaute oft über seine weiten Felder hin, wenn der Wind in ihnen spielte und die Weizenhalme hin- und herwogen ließ wie schlanke Mädchen mit wehendem Haar. Dann sprach er zu Mahajub: »Mann, ein Wunder, ohne Zweifel!«

Tirefi setzte sich verstohlen auf seinen Platz, nachdem er dem Direktor von der Hochzeit des Zain erzählt hatte. Er blieb auf der Kante sitzen, als wollte er jeden Augenblick entwischen. Seine Züge und sein ganzes Verhalten hatten etwas von einem Schakal. Mit listigem Blick schaute er um sich und flüsterte seinem Nachbarn ins Ohr: »Für heute ist Schluß mit Geographie. Ich wette, der Direktor bringt die Stunde nicht zu Ende!« Und wie vorausgesagt, erklärte der Direktor mit müder, gleichgültiger Stimme, er müsse wegen einer dringenden Sache fort. »Wiederholt die Lektion über den Weizenanbau in Kanada!« Mit erregten Schritten ging er hinaus. Tirefi beobachtete, wie er mühsam versuchte, sich zurückzuhalten, bis er das Tor des Schulhofs erreichte. Dann lachte Tirefi boshaft, als der Direktor den Saum seines Überwurfs in die Hand nahm und vornübergebeugt durch den Sand davonrannte.

Außer Atem und mit trockener Kehle erreichte der Direktor Scheich Alis Laden am Markt. Die Schule lag nicht gerade in der Nähe, der Weg führte durch tiefen Sand, in dem die Füße einsanken, und er, er war über fünfzig. Scheich Alis Laden auf dem Markt war sein Stammplatz. Er freute sich, als er auch Abd as-Samad erblickte, zwischen ihnen beiden bestand eine feste Freundschaft, ohne ihn war weder eine Gesellschaft noch ein Tavla-Spiel so recht nach seinem Geschmack. Als er noch zehn Meter vom Laden entfernt war, hielt er es nicht mehr aus und rief, während er auf sie zuging: »Scheich Ali, Hadsch Abd as-Samad, das ist ja ein merkwürdiges Jahr! Was soll das nur heißen!« Mit diesen Worten hatte er sie erreicht, sie setzten ihn auf seinen Lieblingsplatz, einen niedrigen, hölzernen Sessel, der Rücken- und Armlehnen besaß und mit Schnüren bespannt war.

Der Kaffee war noch heiß und verbreitete einen Duft von Zimt, Kardamom und Ingwer. Der Direktor ergriff die Tasse. Er führte sie zum Mund, setzte sie aber sofort wieder ab und fragte: »Ist es wirklich wahr?«

Scheich Ali schob seinen Priem von der rechten in die linke Backe: »Das mit der Hochzeit des Zain? Ja, es stimmt haargenau.«

Der Direktor schlürfte den Kaffee mit einem langen Zug aus der Tasse und stellte sie auf einen kleinen Tisch, der vor ihm stand.

Er zündete sich eine Zigarette an und zog den Rauch tief ein: »Mein Herr, das ist ein merkwürdiges Jahr, oder habe ich unrecht?«

Er gebrauchte nie den Ausdruck »Mann!« wie die anderen Leute im Dorf, sondern begann seine Sätze mit »Mein Herr!«.

»Sie haben recht, Herr Direktor«, erwiderte Abd as-Samad, »wirklich ein merkwürdiges Jahr. Frauen, die keine Kinder mehr bekamen, haben wieder geboren. Kühe und Schafe haben Zwillinge und Drillinge geworfen.«

Scheich Ali zählte die Wunder dieses Jahres auf: »Die Palmen haben so viele Datteln getragen, daß wir nicht genug Säcke finden konnten, um sie fortzuschaffen. Dann ist Schnee gefallen. So etwas! In einer Wüste wie dieser fällt Schnee vom Himmel?«

Der Direktor schüttelte den Kopf, Abd as-Samad murmelte etwas vor sich hin. Der Schneefall in diesem Jahr hatte sie alle sprachlos gemacht.

Selbst der Direktor mit all seinem Wissen in Geographie hatte keine Erklärung dafür gefunden. Er sagte: »Doch das größte Wunder ist die Kunde von der Hochzeit des Zain.«

Das war seine Art zu reden, er flocht gern gewählte Ausdrücke in seine Sätze ein.

»Man möchte es kaum glauben«, erwiderte Scheich Ali. Der Direktor steckte ihn und Abd as-Samad mit seiner gehobenen Wortwahl an, und sie versuchten, es ihm gleichzutun.

Abd as-Samad sprach: »Hanins Worte waren nicht ins Leere gesprochen. ›Morgen wirst du das beste Mädchen im Dorf heiraten‹, hat er gesagt.«

»Ja, bei Gott«, sagte der Direktor, »das beste Mädchen im Dorf überhaupt. Welch eine Schönheit! Welch ein feines Benehmen!«

»Und wieviel Geld!« sagte Abd as-Samad spöttisch, »ich weiß, Sie hatten ein Auge auf das Mädchen geworfen, wegen des Geldes ihres Vaters.«

Scharf wies der Direktor diesen Vorwurf von sich: »Ich? Schämen Sie sich, mein Herr! Sie ist so alt wie meine Töchter!«

Scheich Ali tröstete ihn: »Was heißt das schon! Ein Mann bleibt ein Mann, selbst im höchsten Alter, und ein Mädchen kann mit vierzehn Jahren jeden heiraten, auch wenn er schon über sechzig ist, so wie Sie.«

»Schämen Sie sich! Ich bin in den Fünfzigern, auf jeden Fall jünger als Sie und Abd as-Samad!«

Abd as-Samad ließ sein dröhnendes Gelächter

hören, für das er weitbekannt war: »Na gut, lassen wir das Alter beiseite. Was halten Sie von der Hochzeit des Zain?«

»Mein Herr, das ist eine erstaunliche Angelegenheit«, sagte der Direktor. »Wie konnte Hadsch Ibrahim nur zustimmen? Der Zain ist doch ein Derwisch; wie kann er überhaupt heiraten?«

»Seien Sie vorsichtig mit dem Zain!« erwiderte Abd as-Samad unerschütterlich, »er ist ein Gesegneter, ein Freund des heiligen Mannes Hanin, Gott hab ihn selig!«

Auch Scheich Ali fügte hinzu: »Gott hab ihn selig! Er hat uns das Glück ins Dorf gebracht!«

»Und alles nur dem Zain zuliebe!« sagte Abd as-Samad.

»Mein Herr«, sprach der Direktor, »begeben wir uns jetzt nicht ins Reich der Wunder?«

»Wie auch immer, ein Mann bleibt ein Mann und eine Frau eine Frau«, unterbrach ihn Scheich Ali.

»Und sie ist auch seine Kusine«, ergänzte Abd as-Samad.

Der Direktor schwieg. Er fand nichts, was er dagegen einwenden konnte – zumindest nicht von der formalen Seite, denn daß ein Mädchen jemandes Kusine war, galt für die Leute im Dorf mehr als alle anderen Gründe. Das war eine alte Tradition, so alt wie die Triebe des Überlebens und der Erhaltung der Art. Doch in seinem Innersten war ihm wie Amna zumute. Er empfand es als einen Schlag, der gegen ihn persönlich gerichtet war. Für einen Augenblick fühlte er sich erleichtert: Beide, Ali und Abd as-Samad, wußten nicht, daß er mit Hadsch Ibrahim über Nima gesprochen hatte. Wüßten sie es, wäre vor ihren scharfen Zungen kein Entrinnen mehr gewesen. Während er die fünfte Tasse von Scheich Alis Kaffee trank, fragte er sich, warum er eigentlich um ihre Hand angehalten hatte. Ein junges Mädchen, so alt wie seine Töchter. Er wußte es nicht genau. Sie war ihm eines Tages begegnet, als sie in einem weißen Tob aus dem Haus trat. Er sah ihr unmittelbar ins Gesicht, ihre Schönheit überwältigte ihn. Er grüßte mit zitternder Stimme, sie erwiderte den Gruß ruhig und ernst.

»Du bist Nima, Hadsch Ibrahims Tochter?«

»Ja«, erwiderte sie ohne Zögern und Scheu.

Schnell suchte er nach einer weiteren Frage, um sie noch etwas aufzuhalten, doch es fiel ihm nichts Rechtes ein, er fragte nur: »Wie geht es Ahmad, deinem Bruder?« – das war ihr jüngster Bruder, einer seiner Schüler.

Sie schaute ihm furchtlos ins Gesicht: »Gut.«

Dann ging sie fort.

In den folgenden Nächten ließ ihn ihr Bild nicht mehr los. Sie hatte wohl tief verborgene Gefühle in ihm geweckt, die er seit zwanzig Jahren nicht mehr gekannt hatte. Schließlich hatte er keine Geduld mehr. Ein leichtes Fieber, das ihren Vater befallen hatte, nahm er zum Anlaß, um ihn zu besuchen. Glücklicherweise traf er ihn allein an. Nach oberflächlichen Gesprächen über die Weizenpreise und die Schule kam der Direktor auf sein Anliegen und bat Hadsch Ibrahim unvermittelt um die Hand seiner Tochter Nima. Zuerst verstand ihr Vater nicht, oder er wollte nicht verstehen. Er fragte einmal, zweimal zurück, wodurch der Direktor zutiefst getroffen wurde. Zuerst fragte er: »Für wen bittest du um Nima?«

Etwas hochfahrend erwiderte er: »Für wen? Für mich natürlich!«

Und als habe Hadsch Ibrahim ihn mit einem Messer getroffen, und als stieße er das Messer noch tiefer, fragte er: »Für dich selbst?«

Kurz und gut, sein Besuch war ein peinlicher Fehler gewesen. Hadsch Ibrahim versuchte, ihm seine Lage zu erleichtern, und legte in einer langen Ansprache dar, welche Ehre ihm der Direktor mit seiner Bitte erwiesen habe, wie sehr er ihn als Schwiegersohn begrüßen würde, und ähnliches ... aber – und das war das Wichtigste – der Altersabstand mache ihm die Zustimmung unmöglich, er könne es mit seinem Gewissen nicht vereinbaren. Zudem würden ihre Brüder Einspruch erheben. Schließlich versuchte der Direktor den Schaden wiedergutzumachen, und er nahm Hadsch Ibrahim das Versprechen ab, niemandem gegenüber etwas von ihrem Gespräch zu erwähnen und das Ganze als ungeschehen zu betrachten. »Wir wollen es hier auf der Stelle begraben!«

Hadsch Ibrahim hatte Wort gehalten. Obwohl der Direktor seinen Fehler einsah, wurde er im Innern einen bitteren Nachgeschmack nicht los. Als er hörte, daß kein anderer als der Zain sie heiraten würde, war ihm zumute, als bohrte sich das Messer noch tiefer in sein Herz. Ein wenig erschrak er, als Abd as-Samad sagte: »Seien Sie nicht traurig! Wenn Sie heiraten wollen, gibt es doch viele alleinstehende Frauen im Dorf. Die Geschiedenen und die Witwen sind die Schönsten, das kann ich schwören!«

Hier wurde der Direktor zornig. Seine innere Bitterkeit entlud sich auf Abd as-Samad: »Mein Herr, sind Sie verrückt? Können Sie Scherz und

Ernst nicht unterscheiden? Sie sind doch ein richtiger Gauner!«

Abd as-Samad lachte laut. Es vergnügte ihn sehr, daß er es geschafft hatte, den Direktor aufzubringen. Auf solche Gelegenheiten war er aus. Scheich Ali schürte das Feuer weiter: »Soll etwa der Direktor eine Secondhand-Frau nehmen, wenn er noch einmal heiraten will? Abd as-Samad, du bist wahrhaftig ein richtiger Gauner.«

Abd as-Samad benutzte das Wort Second hand, um diesmal Ali zu reizen: »Was hast du gesagt, Ali? Second hand? Bei Gott, es geschehen noch Wunder zu unseren Lebzeiten! Ali Wadd asch-Schayib spricht fremde Sprachen!«

Der Direktor lachte übertrieben und versuchte, so gut er konnte, den Angriff von sich auf Scheich Ali abzulenken. Doch dieser kannte Abd as-Samads Launen und auch die Schliche des Direktors. Er überhörte es und kam wieder auf die Hochzeit des Zain zu sprechen: »Kurz und gut, wie wir gesagt haben, Heiraten ist nicht schwer. Ein Mann bleibt ein Mann, auch wenn er schon sabbert, und eine Frau bleibt eine Frau, selbst wenn sie Schadscharat ad-Durr heißt.«

Der Direktor wunderte sich insgeheim, woher Scheich Ali den Namen dieser Fürstin kannte, die einst über Ägypten herrschte. Auf Abd as-Samad machte er großen Eindruck. Er kannte diesen Namen nicht, scheute sich aber zu fragen, um nicht seine Unwissenheit zu zeigen. Scheich Ali fuhr fort und zählte ihnen Namen von Männern auf, die ohne Ansehen gewesen waren und dennoch außergewöhnlich kluge und schöne Frauen geheiratet hatten. Für eine Weile fesselte er seine Widersacher, er strahlte vor Freude, als sich Erstaunen und Bewunderung auf ihren Gesichtern zeigten. Er erzählte ihnen von Kuthayyir, in den sich Azza trotz seiner kleinen und häßlichen Gestalt verliebte, und von der Beduinin, die gefragt wurde, warum sie einen grobschlächtigen, unansehnlichen Mann geheiratet hatte, und die darauf erwiderte: »Bei Gott, wüßtest du nur …«, und der Direktor und Abd as-Samad fielen fast um vor Lachen, als sie hörten, was die Beduinin erwidert hatte. Dann erwähnte er den Stamm der Ibrahimab, der sich auf einen einzigen Mann zurückführte, einen Derwisch namens Ibrahim Abu Jibba, und wie er …; doch da konnte Abd as-Samad Scheich Alis Beredsamkeit nicht länger ertragen, und er unterbrach ihn etwas bissig: »Warum schweifst du so weit ab bis zu Kuthayyir und Azza und den Ibrahimab? Denk doch nur an

Said, den Trottel, und an die Geschichte seiner Hochzeit!«

Der Direktor lächelte. Mit Said, dem Trottel, verband ihn eine besondere Freundschaft. Vielleicht hatte er ihn nur dazu benutzt, ihm Holz und Wasser ins Haus zu bringen. Said verkaufte Brennholz und arbeitete in den Häusern. Sein Geld überließ er dem Direktor zur Aufbewahrung. Als er heiraten wollte, kam er zu ihm und fragte ihn um Rat. Später prahlte er damit, daß ein angesehener Mann wie der Direktor bei seiner Eheschließung als Zeuge aufgetreten war. Jeder im Dorf kannte die Geschichte von Saids Hochzeit, wie er fast ein Jahr mit seiner Frau zusammenlebte, ohne sie anzurühren, so daß sie fast verzweifelte und sich von ihm scheiden lassen wollte. Wenn man ihn fragte, warum er so lange zögerte, hatte er nur erwidert: »Alles braucht seine Zeit.« Dennoch hatte sie ihm später Söhne und Töchter geboren.

Plötzlich sah der Direktor Nimas Gesicht vor Augen, wieder fühlte er den Stich im Herzen. Als hätte er all die Geschichten von Scheich Ali und Hadsch Abd as-Samad nicht gehört, sprach er: »Den Zain heiratet sie? Kann man das verstehen? Seltsame Dinge, bei Gott!«

Auch der Imam der Moschee war von den

merkwürdigen Ereignissen berührt, die das Dorf in jenem Jahr erlebte. Für die Leute im Dorf war er ein aufdringlicher, strenger Mann, der viel redete. Insgeheim verachteten sie ihn, denn er war der einzige im Dorf, der, wie sie meinten, keiner richtigen Arbeit nachging. Weder besaß er ein Feld, noch trieb er Handel. Er lebte davon, daß er die Kinder unterrichtete, dafür stand ihm von allen ein fester Betrag zu, den sie ihm nur widerwillig auszahlten. Für die Leute hatte er mit Dingen zu tun, die sie zuweilen lieber vergaßen – Tod, Jenseits und Gebet. Das verlieh ihm etwas Altes, Düsteres, das an Spinnweben erinnerte. Nannten sie seinen Namen, fiel ihnen unwillkürlich der Tod eines Menschen ein, der ihnen lieb gewesen war, oder das Gebet im tiefsten Winter mit allem, was dazugehörte, dem kalten Wasser, das einem bei der Waschung die Füße aufspringen ließ, dem Wechsel vom warmen Bett in den schneidenden Frost, dem Gang zur Moschee im Morgengrauen.

Das galt für die, die tatsächlich in die Moschee gingen. Doch die anderen, die Abtrünnigen, die nicht beteten, wie Mahajub, Abd al-Hafiz, Ahmad Ismail, at-Tahir ar Rawwasi und Hamad Wadd ar-Rayyis, sie wurden morgens von einem dunklen, beunruhigenden Gefühl ergriffen, wie wenn sie die Frau ihres Nachbarn heimlich mit Blicken verfolgten. Fragte man Mahajub nach dem Imam, so meinte er: »Ein schwieriger Mann, er nimmt nichts an und gibt nichts her.« Darin kam zum Ausdruck, daß er nicht auf sie einging und sich nicht an ihren Gesprächen beteiligte. Was sie beschäftigte, wann der Weizen gesät wurde, wie man ihn bewässerte, düngte und schnitt, war für ihn ohne Belang. Es kümmerte ihn nicht, ob die Hirseernte auf Abd al-Hafiz' Feld ein Erfolg oder ein Fehlschlag war, ob die Melonen bei Wadd ar-Rayyis zu klein oder zu groß gerieten. Was kostete der Doppelzentner Bohnen auf dem Markt? Ob die Zwiebelpreise fielen, weshalb sich die Befruchtung der Palmen verzögert hatte? All diese Dinge waren ihm von Natur zuwider, und da er nichts darüber wußte, verachtete er sie. Andererseits kümmerte er sich um Fragen, die nur die wenigsten beschäftigten. Er verfolgte die Nachrichten im Radio und in den Zeitungen und diskutierte gern darüber, ob der Krieg ausbrechen würde oder nicht, ob die Russen oder die Amerikaner stärker waren, was Nehru und was Tito gesagt hatte. Die Leute im Dorf dagegen hatten mit den kleinen Dingen des Lebens zu tun, um die großen kümmerten sie sich nicht. So wuchs die

Kluft zwischen ihnen. Aber wenn sie ihn auch nicht mochten, so wußten sie doch, daß sie ihn brauchten. Sie erkannten zum Beispiel seine Bildung an – immerhin hatte er zehn Jahre an der Azhar-Universität studiert. Es konnte einer sagen: »Der Imam hat keine Arbeit«, doch dann fügte er hinzu: »aber weiß Gott, reden kann er!« Bei jeder Predigt fuhren ihnen seine eindringlichen Worte sengend über den Rücken – als ob er sich an ihnen rächen wollte. Er sprach vom Gericht und von der Strafe, vom Paradies und von der Hölle, von der Sünde gegen Gott und von der Umkehr, Worte, die sie wie Gift schlucken mußten. Nach dem Freitagsgebet verließ jeder die Moschee mit verwirrtem Blick und fühlte eine Bestürzung, als wäre das Leben stehengeblieben. Man betrachtete seine Felder, die Palmen, Bäume und Pflanzen und empfand keine Freude. Dies alles war vergänglich und unwesentlich, das Leben mit all seinen Freuden und Leiden war nur die Brücke zu einer anderen Welt. Eine Weile blieb man stehen und fragte sich, ob man für jene andere Welt vorbereitet sei. Doch bald nahmen einen die alltäglichen Dinge des Lebens in Anspruch. Rascher als erwartet verschwand das Bild der anderen, fernen Welt, erhielten die Dinge wieder ihr natürliches Gesicht. Und wenn man nun auf seine Felder schaute, erfüllte einen wieder jene alte Freude, die dem Leben den Sinn gab. Dennoch suchten die meisten von ihnen immer von neuem die Moschee auf, um denselben rätselhaften Kampf zu erleben; sie kamen wegen der Stimme des Imam, beim Predigen war sie machtvoll und klar, bei der Koranlesung rein und sanft. Sie flößte Ehrfurcht ein, wenn er das Totengebet sprach, und klang energisch und erfahren, wenn er die Heiratszeremonie vollzog. Doch aus seinem Blick sprachen Verachtung und Hochmut, was besonders derjenige spürte, der sein Selbstvertrauen verloren hatte. Der Imam glich dem großen Kuppelgrab eines Heiligen auf dem Friedhof.

Gegenüber dem Imam war das Dorf in deutlich abgegrenzte Lager geteilt. (Dabei redeten sie ihn niemals mit seinem Namen an, als wäre er keine Person, sondern eine Institution.) Das erste Lager bestand zum größten Teil aus älteren, gesetzten Männern und wurde von Hadsch Ibrahim, Nimas Vater, angeführt. Diese Männer behandelten den Imam wenn auch nicht unfreundlich, so doch mit einer gewissen Zurückhaltung. Sie nahmen an den Gebeten in der Moschee teil, und ihren Gesichtern nach schien es so, als verstünden sie, was er sagte.

Jeden Freitag nach dem Gebet lud ihn einer von ihnen zum Essen ein. Zum Fest des Fastenbrechens zahlten sie ihm die Fastenspende aus, und zum Opferfest übergaben sie ihm die Häute der Tiere, die geschlachtet wurden. Heiratete ein Sohn oder eine Tochter, so erhielt er das Geld, das ihm zustand, dazu ein Kleid oder einen Tob. Einer aus der Gruppe, ein Mann in den Siebzigern, machte darin eine Ausnahme. Er hieß Ibrahim Wad Taha. Er betete und fastete nicht, zahlte keine Armensteuer und nahm den Imam überhaupt nicht zur Kenntnis.

Das zweite Lager, das sich zum größten Teil aus jungen Männern unter zwanzig zusammensetzte, stand dem Imam mit offener Feindseligkeit gegenüber. Einige waren Schüler, andere waren weit gereist, wieder andere spürten die überschäumende verheißungsvolle Kraft des Lebens im Blut und kümmerten sich nicht um einen Mann, dessen Beruf es war, die anderen Leute an den Tod zu erinnern. Dies war die Gruppe der Abenteurer – manche tranken insgeheim und besuchten auch die »Oase« am Rande der Steppe. Dazu gehörten die Gebildeten, die etwas vom Dialektischen Materialismus gelesen oder gehört hatten, dann die Eigensinnigen und Trägen, denen es zu mühselig war, in der winterlichen Morgenfrühe die Waschung zum Gebet zu vollziehen. Der Anführer dieser Gruppe war seltsamerweise Ibrahim Wad Taha, der die Siebzig überschritten hatte und noch Gedichte machte.

Das dritte Lager besaß am meisten Gewicht. Dazu gehörten Mahajub, Abd al-Hafiz, at-Tahir ar-Rawwasi, Hamad Wadd ar-Rayyis, Ahmad Ismail und Said. Sie waren etwa gleichaltrig, zwischen fünfunddreißig und fünfundvierzig Jahren. Nur Ahmad Ismail war noch in den Zwanzigern, gehörte aber mit seinem Verantwortungsgefühl und seiner Denkweise zu ihnen. Diese Männer besaßen die Macht im Dorf. Sie alle hatten Felder, die in der Regel größer waren als die der anderen, und trieben auch Handel. Alle waren verheiratet und hatten Kinder. Bei jedem wichtigen Ereignis im Dorf traf man auf diese Männer. Ob Hochzeit oder Trauerfeier, sie kümmerten sich darum und sorgten für den geregelten Ablauf. Sie waren es, die den Toten wuschen und ihn zum Friedhof trugen. Sie hoben das Grab aus, brachten Wasser herbei, senkten den Toten hinein und schütteten Erde darüber. Man traf sie bei der Trauerfeier, wie sie Gäste empfingen und ihnen den bitteren Kaffee reichten. Trat der Nil über die Ufer oder überschwemmte ein Sturzregen das Land, so waren sie es, die Abflüsse gruben, Dämme aufschütteten und nachts mit der Laterne in der Siedlung umhergingen, um festzustellen, wie es den Leuten ergangen war und was für Schäden das Wasser angerichtet hatte. Hieß es, eine Frau oder ein Mädchen habe irgend jemanden schamlos angeschaut, so stellten sie sie zur Rede. Gelegentlich schlugen sie sie auch, und es war ihnen gleichgültig, wessen Tochter sie war. Erfuhren sie, daß bei Sonnenuntergang ein Fremder um das Dorf herumstrich, so stellten sie ihn zur Rede. Kam der Umda, um die Steuern einzuziehen, so verhandelten sie mit ihm, machten ihm klar, welcher Betrag für den einzelnen angemessen wäre. Kam ein Beauftragter der Regierung ins Dorf – sie kamen nur selten –, so wurde er von ihnen empfangen und beherbergt; ihm zu Ehren schlachteten sie ein Schaf oder ein Lamm. Frühmorgens besprachen sie mit ihm sein Anliegen, noch bevor er jemanden im Dorf treffen konnte.

Nun gab es im Dorf Schulen, ein Krankenhaus und ein Landwirtschaftsprojekt, und sie hatten die Versorgung und die Aufsicht und bildeten den Ausschuß, der für alles zuständig war. Der Imam mochte sie nicht, aber es war ihm klar, daß er von ihnen abhängig war, sie zahlten ihm ja am Ende eines jeden Monats sein Gehalt, das sie von den Leuten einzogen. Jeder Regierungsbeamte, der ins Dorf kam, jeder, der etwas zu erledigen hatte, stieß sehr schnell auf diese Gruppe. Man konnte keinen Auftrag, kein Vorhaben erfolgreich ausführen, wenn man sich nicht mit ihnen verständigte. Doch wie alle Leute mit Einfluß und Macht gaben sie ihre persönliche Einstellung nicht zu erkennen – außer bei ihren eigenen Treffen vor Saids Laden. Der Imam etwa war für sie ein notwendiges Übel, und so hüteten sie sich, ihm Schlechtes nachzusagen, so gut sie konnten. Sie verhielten sich »korrekt und höflich«, wie Mahajub es ausdrückte. Obwohl sie nicht beteten, erschien doch wenigstens einer von ihnen einmal im Monat zur Gebetszeit in der Moschee, meist mittags oder abends, denn das Gebet im Morgengrauen überstieg ihre Kräfte. Der eigentliche Anlaß war nicht etwa, die Predigt des Imam zu hören, sondern ihm sein Gehalt zu übergeben oder nachzusehen, ob die Moschee repariert werden mußte.

Der Zain stand ganz für sich. Die meiste Zeit verbrachte er mit Mahajubs Leuten, in Wahrheit war er eine ihrer großen Bürden. Sie achteten darauf, ihn vor schwierigen Situationen zu bewahren. Geriet er einmal in die Klemme, so holten sie ihn heraus. Sie wußten mehr über ihn als seine Mutter, sie umsorgten ihn und wachten aus der Ferne über ihn. Sie mochten den Zain, und er mochte sie. In der Einstellung zum Imam unterschied er sich jedoch von allen. Er behandelte ihn schroff und ging ihm aus dem Weg, sobald er ihn von Ferne kommen sah. Der Imam war vielleicht der einzige Mensch, den der Zain wirklich haßte. Schon seine Gegenwart genügte, um ihn in Erregung zu bringen. Er schimpfte und schrie völlig außer sich. Der Imam ertrug seine Ausfälle mit Würde. Gelegentlich meinte er, die Leute hätten ihn verdorben, indem sie ihn als Sonderling behandelten. Ihn einen Heiligen zu nennen, sei abergläubisches Geschwätz; hätte man ihn anständig erzogen, wäre er ein Mensch wie alle anderen geworden. Doch wer weiß! Vielleicht hatte auch der Imam eine innere Unruhe verspürt, als der Zain seinen Blick auf ihn warf. Jeder wußte ja, daß er der bevorzugte Freund des Hanin war, und Hanin war ein Heiliger. Seine Freundschaft schenkte er nur dem, bei dem er etwas Geheimnisvolles, Erleuchtetes verspürte.

Im Jahr des Hanin gerieten die Dinge beträchtlich in Bewegung. Saif ad-Dins »Verrat« oder seine »Reue« – je nach Lager, dem man zugehörte – schwächte eine Gruppe und stärkte zugleich eine andere. Saif ad-Din war der Held der »Oase«, ihr Ritter und Anführer. Als er ins Lager der Frommen und Vernünftigen überwechselte, befiel seine alten Freunde das Entsetzen. Als reicher Erbe hatte er meist für die Bezahlung der Getränke gesorgt. Zudem war er ein guter Schirm für ihre eigenen Ausschweifungen gewesen. Das ganze Dorf beschäftigte sich nur mit ihm. Einige sahen in ihm ein Symbol des Dranges nach Freiheit und Auflehnung. Überraschend wurde ihnen nun der Boden unter den Füßen weggezogen. Saif ad-Din kannte ihre Geheimnisse und nutzte sein Wissen aus; so wurde er ihr gefährlichster Gegner. Durch ihn wuchs die Macht des Imam. Sein Hauptaugenmerk galt schon immer der »Oase«, sie war für ihn Symbol des Bösen und des Verderbens. Nur selten blieb sie in seinen Predigten ohne Erwähnung. Nun, da Saif ad-Din auf den rechten Weg zurückgekehrt war, wurden seine Predigten schärfer, seine Angriffe heftiger. Er benutzte ihn jedesmal als Beispiel dafür, daß das Gute am Ende siegen werde. Daß es Hanin war, der die Umkehr Saif ad-Dins unmittelbar herbeigeführt hatte, kümmerte den Imam nicht – Hanin stand für Geheimnisse in geistigen Dingen, die er nicht anerkannte.

Auf das Lager der »Mitte«, die Leute um Mahajub, hatte dies alles keine besondere Wirkung. Für sie war die »Oase«, ebenso wie der Imam, ein notwendiges Übel. Es störte sie wenig, wenn sich einige Leute betranken, solange der natürliche Lauf der Dinge dadurch nicht gestört wurde. Sie mischten sich nur dann ein, wenn ein Bursche in betrunkenem Zustand eine Frau oder einen Mann aus dem Dorf belästigte. Dabei griffen sie zu ihren eigenen Mitteln, die von denen des Imam abwichen. Wenn sie die anderen Leute unterstützten, die die »Oase« zerstören wollten, so war es für sie kein Versuch, das Gute über das Böse siegen zu lassen. Das Verschwinden der »Oase« würde sie einfach nur von einigen lästigen Bürden befreien.

Wie auch immer, der Imam hatte an Saif ad-Din große Freude. Er erwähnte ihn in seinen Predigten und redete so, als spreche er zu ihm persönlich. Er ging bei ihm ein und aus. Als Ahmad Ismail sie einmal Arm in Arm dahergehen sah, bemerkte er zu Mahajub: »Badawis Sohn ist von den Mädchen an den Imam geraten!«

Der Imam hatte über die Heirat des Zain mit Nima, der Tochter von Hadsch Ibrahim, seine eigenen Ansichten.

Mahajub betrat Saids Laden und legte ein Geldstück auf den Tresen. Said nahm es schweigend, holte eine Schachtel Bahhari-Zigaretten aus dem Regal und gab sie Mahajub, zusammen mit dem restlichen Geld, das aus kleinen Münzen bestand. Der zündete eine Zigarette an, tat zwei, drei Züge, hob den Kopf und schaute gleichgültig zum Himmel hinauf, als wäre er ein sandiger, unfruchtbarer Boden. Träge sagte er: »Die Plejaden sind aufgegangen. Zeit für die Hirsesaat.«

Said hatte noch mit Büchsen zu tun, die er aus Kisten holte, um sie ins Regal zu stellen. Dann kam wieder Bewegung in Mahajub, er ließ sich vor dem Laden nieder. Ihr Lieblingsplatz war nicht auf der Bank, sondern im Sand, wo nur die äußersten Strahlen der Lampe auf sie fielen. Fuhren sie manchmal vor Lachen in die Höhe, tanzten Licht und Schatten über ihre Köpfe, als tauchten sie in einem Meer auf und nieder. Nun kam Ahmad

Ismail, schlurfend wie gewöhnlich. Er legte sich nahe bei Mahajub im Sand auf den Rücken, ohne ein Wort zu sagen. Lachend kamen Abd al-Hafiz und Hamad Wadd ar-Rayyis herbei. Sie grüßten ihre Freunde nicht, und diese fragten auch nicht nach dem Grund ihres Gelächters. In dieser Gruppe ging es anders zu. Irgendwie wußten sie ohne zu fragen, was jedem durch den Kopf ging. Mahajub spuckte auf den Boden: »Seid ihr immer noch bei Said, dem Trottel?«

Ahmad Ismail schaute in den Sand und sprach vor sich hin: »Die Frau muß wohl die Scheidung wollen.«

Abd al-Hafiz erzählte vergnügt, Saids Frau sei zu ihm aufs Feld gekommen und habe ihm unter Tränen gesagt, sie wolle sich scheiden lassen. Als er nach dem Grund fragte, erzählte sie, Said sei in der letzten Nacht böse zu ihr gewesen und habe sie ein »stinkendes Aas« genannt, deswegen, weil sie sich nicht parfümiere und schön mache wie die anderen Frauen. Als sie etwas entgegnete, schlug er ihr ins Gesicht und sagte: »Geh und laß dich von den Töchtern des Direktors belehren!«

Inzwischen war at-Tahir ar-Rawwasi gekommen und hatte sich in aller Stille außerhalb des Lichtes einen Platz im Sand gesucht. Er lachte:

»Der Kerl meint wohl, der Direktor würde ihm eine seiner Töchter zur Frau geben!«

Abd al-Hafiz fuhr fort, er habe die Frau getröstet, nach Hause begleitet und ihr versprochen, sie zu besuchen, um einmal mit Said zu reden. Tatsächlich fand er sich zur Mittagszeit wieder ein. Doch am Tor blieb er wartend stehen, da es verschlossen war. Drinnen hörte er Said und seine Frau vergnügt und munter lachen, Said rief: »Schrei, Liebling, schrei!« – und schien sie wohl ins Ohrläppchen zu beißen... Nun lachten sie alle, jeder auf seine Art. Ahmad Ismail kollerte, es schüttelte ihn tief in der Brust. Mahajub saß es im Mund, seine Zunge schnalzte. Abd al-Hafiz lachte wie ein kleines Kind. Hamad Wadd ar-Rayyis schüttelte sich mit dem ganzen Körper, besonders mit den Beinen. At-Tahir ar-Rawwasi hielt sich mit beiden Händen den Kopf. Said, der im Laden stand, stieß sein rauhes Lachen aus, das wie eine Säge klang. Mahajub sagte: »Wie kann der abscheuliche Kerl bei der Hitze bloß?«

So ging es weiter, eine abgerissene Unterhaltung, die von Zeit zu Zeit von Schweigen unterbrochen wurde, was jedoch ihr Gespräch eher fortsetzte, als daß es Lücken entstehen ließ. Einer warf einen unvollständigen Satz hin: »...hat keinen

Verstand«, der nächste fuhr fort: »...wer nichts zu tun hat, redet gern über andere«, der nächste fügte hinzu: »...wir hatten euch ja schon lange gesagt: ›Werft ihn aus dem Ausschuß!‹, doch ihr wolltet nicht«, wieder ein anderer sagte schließlich: »...Hoffentlich ist das sein letztes Jahr!«. Kein Fremder hätte verstanden, wovon sie redeten. Doch so war es mit ihnen. Wenn sie sprachen, schienen sie laut zu denken, ihre Gedanken waren aufeinander abgestimmt, als sei bei ihnen nur ein einziger großer Verstand am Werk. Ihr Gespräch verlief eintönig, bis einer beiläufig eine Bemerkung machte oder etwas berichtete, was sie aufhorchen ließ. Mit einemmal kam dann Leben in sie, als habe ein Heuhaufen plötzlich Feuer gefangen. Wer auf dem Rücken lag, richtete sich auf, ein anderer legte die Arme auf die Knie. Wer abseits saß, rückte näher heran, Said verließ seinen Laden. Sie rückten dicht zusammen, als sei da etwas in der Mitte, ein Punkt, den sie gemeinsam erreichen wollten. Mahajub beugte sich vor, Ahmad Ismail grub die Hände in den Sand, Wadd ar-Rayyis rieb sich den Hals. Wenn man sie so zwischen Licht und Dunkelheit erblickte, schienen sie wie in einem Meer versunken. Manchmal erregten sie sich und gerieten in Streit. Dann fielen steinharte Worte, sie unterbrachen einander, redeten gleichzeitig und wurden laut. Ein Fremder konnte in solchen Augenblicken meinen, sie seien grobschlächtig. Die Ansichten über sie gingen deshalb auseinander, je nach Situation, in der man sie erlebt hatte. Manche hielten sie für schweigsam und einsilbig. Sie hatten eine jener Phasen kennengelernt, in denen sich ihre Äußerungen auf »äh...«, »oder...«, »ja« und »nein« beschränkten. Andere meinten, sie seien übermütig wie Kinder, denn sie hatten einen ihrer Lachanfälle miterlebt. Musa al-Basir dagegen schwor, einmal sei er zusammen mit Mahajub zum Markt geritten – eine Strecke von zwei Stunden mit dem Esel –, ohne daß er ein einziges Wort mit ihm gewechselt habe. Die Leute mieden ihre Zusammenkünfte, sie fühlten sich dabei wie Fremde. Auch sie selbst zogen es vor, unter sich zu sein. Sie schienen wie Zwillingsbrüder, doch wer eine Zeitlang mit ihnen verkehrt hatte, konnte die Unterschiede wahrnehmen, die jedem seine Eigenart gaben. Seinem Alter entsprechend war Ahmad Ismail am meisten zu Vergnügungen aufgelegt; es machte ihm nichts aus, sich auf Festen zu betrinken. Bei Hochzeitsfeiern war er der beste Tänzer. Abd al-Hafiz war von allen am freundlichsten zu den Leuten, die nicht dachten wie »die Clique« – so nannten sie sich selbst, und so bezeichneten sie auch die Leute. Er berichtete ihnen von dem Geschehen aus der weiteren Umgebung, wessen Sohn geheiratet hatte, wessen Vater gestorben war. Dann gingen sie meist gemeinsam hin, um ihre Glückwünsche oder ihr Beileid auszusprechen. Gelegentlich ging er zum Gebet in die Moschee, wobei er versuchte, ihnen nichts davon zu sagen. At-Tahir ar-Rawwasi war leicht in Erregung zu bringen. Schnell griff er zum Stock oder zum Messer, wenn es heiß herging. Said konnte am besten mit den Behörden verhandeln, sie nannten ihn »das Gesetzbuch«. Hamad Wadd ar-Rayyis hatte ein feines Ohr für Skandalgeschichten. Er machte sie in den entlegensten Winkeln des Dorfes ausfindig und brachte sie bei passender Gelegenheit auf ihren Treffen vor. Ihn schickten sie meist, wenn es im Dorf Frauenprobleme zu regeln galt. Mahajub war der reifste und weitsichtigste von ihnen, wie ein Fels unter dem Sand, auf den man erst stößt, wenn man tiefer gräbt. Seine Festigkeit zeigte sich in wirklichen Krisen. Dann war er »der Kapitän«, und die anderen taten, was er sagte. Einmal war ein neuer Inspektor in den Kreis gekommen. Sie trafen ihn zwei- oder dreimal, redeten und diskutierten mit ihm und stellten dann untereinander fest, daß er ungeeignet sei. Nach einem Monat spitzte sich die Lage zu, denn der Inspektor hatte mit einigen Leuten darüber gesprochen, daß »Mahajubs Clique« alles im Dorf beherrsche; sie seien in den Ausschüssen für das Krankenhaus und die Schulen; den Ausschuß für das Landwirtschaftsprojekt bildeten sie ganz allein. Es kam ihnen zu Ohren, daß der Inspektor gesagt hatte: »Gibt es außer diesen Leuten keine Männer im Dorf?«

Als sie sich dann berieten, waren sie geneigt, dem Druck der Tatsachen nachzugeben, einige wollten sich aus den Komitees zurückziehen. Doch Mahajub sagte: »Keiner verläßt seinen Platz.«

Ein weiterer Monat verging, und der Inspektor wurde versetzt. Wie das geschehen war? Für die äußersten Fälle hatte Mahajub seine eigenen Mittel.

Sie lachten noch, als sie den Zain laut schimpfen hörten: »Dieser Schuft! Dieser Eselskerl!«

Er kam herbei und blieb eine Weile breitbeinig mit den Händen in den Hüften bei ihnen stehen. Sein ganzer Oberkörper stand im Licht, sie sahen, daß die Augen stärker gerötet waren als sonst.

At-Tahir ar-Rawwasi sagte: »Warum bleibst du über uns stehen? Willst du uns angreifen? Setz dich oder verschwinde!«

Ahmad Ismail bemerkte: »Der Zain muß heute wohl betrunken sein.«

Abd al-Hafiz lud ihn ein: »Komm, setz dich und rauch eine Zigarette!«

Hamad Wadd ar-Rayyis fügte hinzu: »Man sagt, du warst heute im Hof des Umda. Was hattest du dort zu suchen? Das Mädchen ist verheiratet, was willst du noch?«

Der Zain nahm eine Zigarette von Abd al-Hafiz, setzte sich schweigend hin und blies wütend in sie hinein.

At-Tahir ar-Rawwasi lachte: »Doch nicht so, du Tolpatsch! Du willst ein schicker Mann mit Zigarette sein und kannst dabei gar nicht rauchen? Zieh sie nach hinten ein! Ja, so! Als ob du an ihr saugtest!«

Dem Zain gelang es, den Rauch einzuziehen, er stieß eine mächtige Wolke aus. Für eine Weile stand sie still, dann löste sie sich in feine Schwaden auf, die ins Licht schwebten oder auf der anderen Seite im Dunkel der Nacht verschwanden. Said erhob sich, denn einer der Nomaden von al-Goz kam zum Laden. Er hieß Badawi, und sie hörten ihn sagen: »Fünf Pfund Zucker und ein halbes Pfund Tee!«

»Diese Nomaden verschwenden ihr ganzes Geld für Zucker und Tee«, meinte Ahmad Ismail.

Da rief der Zain zu Said hinüber: »Deine Frau soll mir einen Tee mit Milch machen! Aber richtig!«

Said erwiderte: »Jawohl, der Herr, einen richtigen Tee mit Milch!« Und er rief durch ein Fenster ins Haus hinüber: »Einen starken Tee mit Milch für den Herrn hier, macht schnell!«

Da lebte der Zain wieder auf und fragte vergnügt: »Bin ich der beste Mann im Dorf oder nicht?«

»Natürlich«, erwiderte at-Tahir ar-Rawwasi.

»Na also! Und warum geht dieser Eselskerl zu meinem Onkel und erzählt ihm, der Zain sei kein Mann der Ehe?«

»Der Junge spricht wie ein Ausländer«, sagte Mahajub, »›kein Mann der Ehe‹? Woher hast du diese großen Worte?«

Wadd ar-Rayyis meinte: »Der Imam ist eifersüchtig auf dich. Er wollte sie selbst zur Frau haben.«

»Ist sie meine Kusine oder nicht?« erwiderte der Zain. »Er soll sich seine eigene Kusine nehmen!«

Mahajub wurde scharf: »Am nächsten Donnerstag wird geheiratet. Danach ist es vorbei mit dem Geschwätz, dem Tanzen und all dem Unsinn! Hast du mich verstanden?«

Der Zain schwieg.

At-Tahir ar-Rawwasi fragte ihn: »Wer hat dir davon erzählt?«

Er erwiderte: »Sie selbst.«

Mahajub, der mit ausgestreckten Beinen im Sand gelegen und sich auf seine Ellbogen gestützt hatte, fuhr hoch, als hätte ihn etwas gestochen, und setzte sich aufrecht hin: »Sie selbst hat es dir erzählt?«

»Ja. Sie kam früh am Morgen zu uns und sagte mir vor meiner Mutter: ›Am Donnerstag wirst du mich heiraten. Du und ich, wir werden Mann und Frau. Wir werden ein Haus haben und zusammenleben.‹«

Mahajub war begeistert, voller Bewunderung rief er aus: »Eine großartige Frau! Wirklich, so ein Mädchen gibt es nicht noch einmal!« Er wandte sich zu Said, der gerade den Tee brachte. »Hast du gehört? Das Mädchen ist selbst hingegangen und hat es ihm gesagt!«

Said erwiderte: »Sie ist trotzig und eigensinnig. Gott wende es zum Guten!«

Die anderen schwiegen, doch Mahajub schlug sich mehrfach auf die Schenkel, schaute erregt und begeistert in die Runde und sprach: »Ich schwöre euch, der Zain wird ein Mädchen heiraten, das ihn nicht auf krumme Wege kommen läßt!«

Der Zain trank geräuschvoll seinen Tee, mit heftigem Schlürfen wie immer. Plötzlich stellte er das Glas hin und lachte fröhlich: »Hanin hat mir vor euch allen gesagt: ›Morgen wirst du das beste Mädchen im Dorf heiraten!‹« Dann stieß er einen langen Jubeltriller aus, so wie die Frauen bei einer Hochzeit. Er rief mit lauter Stimme: »Oh, ihr Nachbarn, ihr Leute im Dorf! Der Zain hat sein Herz verloren! Nima, die Tochter von Hadsch Ibrahim, hat ihm sein Herz geraubt!«

Danach blieb er still und sprach kein Wort mehr. Bald hörten sie die Stimme Saif ad-Dins, die zum Nachtgebet rief (wieder ein Sieg für den Imam). Eine unmerkliche Bewegung griff um sich: Mahajub räusperte sich, Ahmad Ismail spreizte unwillkürlich seine Zehen, Abd al-Hafiz seufzte, at-Tahir ar-Rawwasi lehnte sich etwas zurück, Said sprach mit leiser Stimme dem Gebetsrufer die Worte nach: »Ich bezeuge, es gibt keinen Gott außer Gott.« Hamad Wadd ar-Rayyis blies in seine Hände, als wären sie voll Sand. Als der Gebetsruf zu Ende war und sie den Imam im Hof der Moschee rufen hörten: »Zum Gebet! Zum Gebet!«, da stand ein jeder von ihnen auf und ging in sein Haus, um das Abendessen zu holen. Und wie die anderen in der Moschee zusammen beteten, so würden sie jetzt gemeinsam im Kreis um die Platten mit den Speisen sitzen und essen, im Licht der großen Lampe, die in Saids Laden hing.

Sie aßen gierig, wie Männer, die den ganzen Tag im Schweiße ihres Angesichts gearbeitet haben. Sie aßen geröstete Hühner, Muluchiya-Gemüse mit Brühe und Bamya, die in der Fettpfanne gedünstet waren. Jeden Abend schlachtete einer von ihnen ein kleines Schaf oder ein Lamm. Ihre Kinder kamen mit neuen Speisen und stellten ihnen volle Schüsseln hin, die nach kurzer Zeit leer zurückgingen. Diese Stunde war der Höhepunkt des Tages, für sie arbeiteten die Frauen von Sonnenaufgang bis Sonnenuntergang. Die Brühe kam in tiefen Schüsseln, das gebratene Fleisch auf großen, weißen Platten. Dazu aßen sie Reis, dickes Weizenbrot und hauchdünne Fladen, die auf glänzenden Eisenplatten gebacken wurden. Fisch, Fleisch, Gemüse, Zwiebeln oder Rettich, es kümmerte sie nicht, was sie zu sich nahmen. Ihre Muskeln spannten sich, die Worte wurden scharf und abgehackt, sie sprachen mit vollem Mund. Sie aßen geräuschvoll; wenn sie kauten, hörte man das Malmen ihrer Zähne, und beim Trinken füllte ihnen das Wasser die Kehle. Sie stießen laut auf und leckten sich die Lippen ab. Wenn dann die leeren

Schüsseln abgeräumt wurden und der Tee an die Reihe kam, füllten sie ihre Gläser, jeder zündete eine Zigarette an, streckte die Beine aus und entspannte sich. Dann hatten die anderen gerade das Nachtgebet beendet. Sie selbst sprachen nun ruhig und zufrieden. Vielleicht empfanden auch sie jenes warme, sichere Gefühl, das die Betenden erfüllte, wenn sie Schulter an Schulter in den Reihen hinter dem Imam standen, mit einem geheimnisvollen Punkt vor Augen, an dem sich ihre Gebete trafen. In diesen Augenblicken wich die Schärfe aus Mahajubs Blick, seine Augen suchten die feine, blasse Linie, die das Licht der Lampe von der Finsternis trennte – wo hört das Licht der Lampe auf? Und wie kann die Finsternis beginnen? Dabei versank er in tiefes Schweigen, hörte nichts und gab keine Antwort, wenn ihn jemand fragte. In solchen Augenblicken kam von Wadd ar-Rayyis plötzlich ein einziger Satz, wie ein Stein, der ins Wasser fällt: »Gott lebt!«

Ahmad Ismail neigte den Kopf etwas zum Fluß, als hörte er von dort eine Stimme. Abd al-Hafiz ließ schweigend seine Finger knacken, und at-Tahir ar-Rawwasi seufzte tief: »Alles vergeht, und alles kommt wieder.«

Ob sie in diesem Augenblick das Gefühl hatten,

jenem verschwiegenen, geheimnisvollen Punkt in der Mitte nähergekommen zu sein? Oder spürten sie, daß er unerreichbar blieb, auch wenn das Leben darüber verging?

»Ijuj … ijuj … ijuj … ijuja!«

Als erste trillerte die Mutter des Zain ihren Jubel heraus.

Sie hatte viele Gründe, froh zu sein. Einmal die natürliche Freude der Mutter über die Heirat des Sohnes. Es war ein entscheidender Augenblick. »Bevor ich sterbe«, so sagt jede Frau zum Sohn, »möchte ich noch die Freude deiner Hochzeit erleben.«

Die Mutter des Zain hatte das Gefühl, daß ihr Leben dem Ende zuging, und er war ihr einziger Sohn, überhaupt das einzige Kind. Er war nicht so wie die anderen, und sie hatte befürchtet, niemand würde sich um ihn kümmern, wenn sie einmal starb. Nun nahm ihr die Hochzeit die Sorgen. Bei dieser Gelegenheit würden ihr auch all die Geschenke vergolten werden, die sie den anderen zur Hochzeit ihrer Kinder gemacht hatte. Oft hatten sich die Leute gewundert, weshalb sie voller Eifer ihre halbe oder viertel Guinee gab. »Glaubt sie etwa, sie wird es bei der Hochzeit des Zain zurückbekommen?«

Diese Hochzeit würde jene boshaften Stimmen zum Schweigen bringen. Und der Zain, er heiratete ja nicht irgendein Mädchen, sondern Nima, Hadsch Ibrahims Tochter – die vornehme Herkunft und die angesehene Stellung der Familie waren über jeden Zweifel erhaben. Künftig würde sie jenes große, aus gebrannten Ziegeln gebaute Haus betreten – nicht alle Häuser waren aus gebrannten Ziegeln gebaut. Sie würde es erhobenen Hauptes, mit festen Schritten betreten. Man würde aufstehen, wenn sie eintrat, beim Hinausgehen würde man sie zum Tor geleiten. Bei Krankheit würde sie jeden Tag Besuch erhalten. Für ihre restlichen Tage würde sie von Liebe und Fürsorge umgeben sein. Wenn ihr das Geschick noch etwas Zeit ließ, konnte sie vielleicht noch ein Enkelkind auf dem Schoß halten. Diese Gedanken gingen der Mutter des Zain durch den Kopf, ihr Trillern wurde stärker.

Nachbarinnen, Freundinnen und Verwandte jubelten mit ihr.

Wie war dieses Wunder geschehen?

Die Berichte waren unterschiedlich. Halima, die Milchverkäuferin, erzählte noch, zu Amnas Verdruß, Hanin sei Nima im Traum erschienen, er habe gesagt: »Heirate den Zain! Die, die ihn heiratet, wird es nicht bereuen.« Als sie aufwachte, sei sie zu ihren Eltern gegangen, und diese hätten ihr zugestimmt. Amna schüttelte den Kopf und sagte nur: »Gerede!«

Tirefi behauptete vor seinen Schulkameraden, Nima habe den Zain in einem Schwarm Frauen getroffen, mit denen er schäkerte und seine Scherze trieb. Da habe sie ihn streng angeblickt und zu den Frauen gesagt: »Morgen werdet ihr alle bei seiner Hochzeit zu Gast sein!« Dann sei sie gleich zu ihren Eltern gegangen, und diese hätten ihr zugestimmt.

Auf dem Markt erzählte Abd as-Samad, der Zain habe Nima selbst um die Heirat gebeten. Er sei ihr einmal zufällig begegnet und habe sie gefragt: »Meine Kusine, willst du mich heiraten?« Als sie zustimmte, habe er dann mit seinem Onkel gesprochen, und dieser sei einverstanden gewesen.

Wahrscheinlich hatte es sich etwas anders zugetragen. Es war wohl Nima, dieses eigensinnige und selbständige Mädchen, die beschlossen hatte, den Zain zu heiraten, vielleicht aus Mitgefühl, vielleicht aber auch aus dem Wunsch, sich aufzuopfern – dies gehörte zu ihrer Natur. Wahrscheinlich gab es in Hadsch Ibrahims Haus zwischen Vater, Mutter und Tochter eine heftige Auseinandersetzung. Sie schrieben an ihre Brüder, die abwesend waren.

Es hieß, die beiden älteren hätten ablehnend geantwortet, nur der jüngste sei einverstanden gewesen und habe geschrieben: »Nima hatte schon immer ihren eigenen Kopf. Nun hat sie endlich selbst ihren Gatten gewählt; laßt ihr doch ihren Willen!«

Wie auch immer, Hadsch Ibrahim gab die Nachricht plötzlich bekannt. Es war, als hätten die Leute nach dem Ereignis mit Hanin darauf gewartet. Merkwürdig genug, niemand lachte oder spottete darüber, sie schüttelten nur den Kopf. Ihr Erstaunen nahm zu, wenn sie den Zain anschauten, in ihren Augen wuchs er zu ungewöhnlicher Größe. So konnte seine Mutter in Jubeltriller ausbrechen, und ihre Nachbarinnen, Freundinnen, Verwandten, alle, die ihr wohlwollten, stimmten ein.

»Ijuj ... ijuj ... ijuja!«

Wäre es nicht seine eigene Hochzeit gewesen, hätte der Zain wieder jede einzelne Frau an ihrem Trillern ausmachen können.

Dies war Bitt Abdalla mit ihrer schönen, kräftigen Stimme, die schon so oft zu den Festen der anderen erklungen war. Sie selbst war unverheiratet geblieben, doch sie freute sich mit allen, die Hochzeit feierten.

»Ijuj ... ijuj ... ijuj ... ijuja!«

Das war die schöne Salama mit ihrer eigentümlichen Aussprache, eine feinfühlige Frau. Ihre Schönheit hatte ihr kein Glück gebracht, sie heiratete oft, wurde oft geschieden, blieb bei keinem lange und hatte keine Kinder. Sie redete gewandt und scherzte gerne, von ihr und dem Zain gab es viele Geschichten. Sie trillerte, sie liebte das Leben.

»Ijuj! Ijuj, ijuja!«

Amna trillerte vor Ärger.

»Weißt du noch, wie Amna das Mädchen für ihren Sohn haben wollte, und sie ihr sagten, Nima wäre noch zu jung für die Ehe?«

»Awuh... awuh... awuh...!«

Das war Aschmana die Taube, ihr sprachloses Herz hüpfte vor Freude über die Hochzeit des Zain.

In Hadsch Ibrahims Haus brandete der Jubel auf, an die hundert Stimmen brachen los, daß die Fenster zitterten.

Die Mutter des Zain trillerte, die anderen Frauen antworteten ihr, und sie trillerte von neuem.

Es gab keine Frau, die bei der Hochzeit des Zain nicht in Jubel ausbrach.

Das ganze Viertel geriet in Aufregung. Die Häuser füllten sich mit Gästen, keines, in dem sie nicht eine ganze Schar unterbrachten. Das große Haus Hadsch Ibrahims war überfüllt, ebenso die

Häuser von Mahajub, Abd al-Hafiz, Said, Ahmad Ismail, at-Tahir ar-Rawwasi, Hamad Wadd ar-Rayyis, auch die Häuser des Direktors, des Umdas und auch das Haus des Kadi.

»So eine Hochzeit habe ich in meinem Leben noch nicht erlebt!« meinte Scheich Abd as-Samad. »Der Zain hält eine Hochzeit, wie sie sein muß!«

Der Imam führte die Heiratszeremonie in der Moschee durch. Hadsch Ibrahim vertrat seine Tochter, Mahajub den Zain. Als die Ehe geschlossen war, stand Mahajub auf und legte die Brautgabe in einen Teller, so daß jeder sie sehen konnte. Es waren hundert Guineen in Gold, die aus dem ureigenen Vermögen Hadsch Ibrahims stammten. Danach erhob sich der Imam und schaute auf die versammelten Männer – die Mutter des Zain war die einzige Frau unter ihnen. Er sagte, wie sie alle wüßten, sei er gegen die Heirat gewesen; doch nun, da Gott sie habe zustandekommen lassen, bitte er den Allmächtigen um Glück und Segen für die Ehe. Die Leute wandten sich dem Zain zu, aber er hielt den Kopf gesenkt.

Mahajub sprach leise zu Abd al-Hafiz: »Warum muß er seine Ablehnung und solchen Unsinn überhaupt erwähnen?«

Staunend sahen sie, wie der Imam auf den Zain

zuging und ihm die Hand auf die Schulter legte. Etwas verwirrt blickte ihn dieser an. Der Imam drückte ihm kräftig die Hand und sagte mit bewegter Stimme: »Meinen Glückwunsch! Gott schenke dir Wohlstand und viele Kinder!«

Der Zain schaute zerstreut umher, doch Ahmad Ismail warf ihm einen strengen Blick zu, und er senkte den Kopf.

Die große kupferne Kesselpauke summte und dröhnte. Es hieß, sie könne sprechen. Bitt Abdalla sagte zu Salama: »Die Pauke spricht: ›Zain hält Hochzeit! Zain hält Hochzeit!‹«

Salama trillerte mit ihrer schönen Stimme.

Nach und nach trafen die Nomaden von al-Goz ein. Sie kamen um die Wette auf ihren Kamelen geritten. At-Tahir ar-Rawwasi empfing sie, brachte sie in eines der Häuser und ließ sie mit Speisen und Getränken bewirten.

Talhas Leute kamen vollzählig, bis auf den letzten Mann, wie man sagt. Ahmad Ismail nahm sie in Empfang, brachte sie unter, band ihre Reittiere fest und versorgte sie mit Futter. Dann ließ er die Leute bewirten, sie aßen und tranken.

Von Norden und von Süden, aus den entlegensten Gebieten kamen die Leute herbei, mit Schiffen über den Nil, mit Pferden, Eseln und Autos. In

Gruppen wurden sie untergebracht, jede in einem Haus für sich, die Männer der »Clique« versorgten sie. Dies war ihr großer Tag. Sie kümmerten sich um alles. Nichts entging ihnen, sie rührten weder Speise noch Trank an, bevor nicht alle Leute bewirtet waren.

Ein einzelner Jubeltriller, dann eine ganze Kette. Eine Trommel erklang, und viele antworteten wie ein Echo. Die Männer reckten die Arme hoch und schüttelten ihre Stöcke und Schwerter in der Luft. Der Umda gab aus seinem Gewehr fünf Schüsse ab. Amna sagte zu Sadiyya: »Hoffentlich könnt ihr all diese Leute verköstigen!«

Sadiyya erwiderte nichts.

Man schlachtete Kamele und Stiere, ganze Schafherden kamen unter das Messer. Jeder, der kam, aß und trank, bis er satt war.

Der Zain stolzierte wie ein Hahn, besser noch, wie ein Pfau daher. Sie hatten ihm ein Kleid aus weißer Seide angezogen und ihm einen grünen Gürtel umgelegt. Darüber trug er einen weiten Mantel aus blauem Samt, der sich im Wind wie ein Segel blähte. Auf seinem Kopf saß ein großer Turban, der sich etwas nach vorne neigte. Er hielt eine lange Nilpferdpeitsche in der Hand. An einem Finger steckte ein goldener Ring, der im Sonnenlicht und im Schein der Lampen glitzerte und glänzte. Ein Saphir in Form eines Schlangenkopfes saß darauf. Ohne getrunken zu haben, war der Zain von dem großen Lärm um ihn wie berauscht. Er lächelte, lachte, ging und sprang unter den Leuten umher und schüttelte seine Peitsche. Den einen schlug er auf die Schulter, den anderen faßte er bei der Hand; hier drängte er einen Gast zum Essen, dort beschwor er einen anderen, doch zu trinken. Mahajub sagte zu ihm: »Nun bist du endlich ein richtiger Mensch geworden. Ich schwöre dir, erst jetzt kann man es wirklich sagen!«

Die Kaufleute, Beamten und alle angesehenen Männer des Dorfes erschienen. Auch die Zigeuner, die draußen im Buschwald hausten, stellten sich ein.

Die besten Sängerinnen und Tänzerinnen wurden herbeigeholt, ebenso Trommlerinnen und Lyraspieler. Fattuma, die berühmteste Sängerin westlich des Nils, sang mit ihrer erregenden Stimme:

»Sing, meine Stimme, ein Lob ohne Ende!
Zain, der Schöne, bringt dem Land ein
Freudenfest.«

Man zog den Zain herbei und drängte ihn mit Gewalt in den Kreis. Er schüttelte seine Peitsche über der Sängerin und legte ihr einen Guinee-

Schein auf die Stirn. Jubeltriller rauschten auf wie sprudelnde Quellen.

An diesem Tag kamen die Gegensätze zusammen. Die Mädchen der »Oase« sangen und tanzten vor den Augen des Imam. Im ersten Haus rezitierten die Scheichs den Koran, im zweiten tanzten und sangen die Mädchen, in einem anderen schlugen die Prophetensänger ihr Tamburin, und im nächsten betranken sich die jungen Männer. Es war, als vereinigten sich verschiedene Feiern zu einem großen Fest. Die Mutter des Zain tanzte mit den Tänzern, sang mit den Sängern, blieb eine Weile stehen und hörte dem Koran zu, eilte dorthin, wo das Essen zubereitet wurde und ermunterte die Frauen zur Arbeit. Sie lief überall umher und rief dabei: »Freut euch! Freut euch!«

Halima, die Milchverkäuferin, wollte Amna ärgern und sagte zu ihr: »Ein freudiges Fest, nicht wahr, meine Liebe?«

Die Trommelschläge gingen in kräftigen, schwungvollen Daleb-Rhythmus über, Fattuma sang:

»Die früh gereiften Datteln
rauben mir den Schlaf, erfüllen meine Gedanken.«

Die Männer bildeten einen großen Kreis um ein tanzendes Mädchen. Der Tob war ihr vom Leib geglitten, sie hielt die Brust nach vorn gestreckt, ihr Busen trat hervor. Sie tanzte die Schritte einer Wildgans und bewegte die Arme zusammen mit dem Kopf, der Brust und den Füßen. Die Männer klatschten, stampften auf die Erde und summten dazu. Der Kreis wurde enger, die Tänzerin warf einem der Männer ihr fein geflochtenes, duftendes Haar über das Gesicht. Der Kreis weitete sich wieder, Jubeltriller klangen auf, das Klatschen und das Stampfen wurden heftiger.

Fattuma sang mit geschmeidiger Stimme:

»Er wohnt in Guschabi,
und in der Nacht halte ich Ausschau nach ihm.«

Ibrahim Wad Taha geriet in Rausch, er rief: »Ach, bitte, sing es noch einmal!«

Es tanzte selbst Aschmana die Taube, und Musa der Lahme klatschte. Bald wurden die Trommelschläge langsamer und gingen in ein gedämpftes Pochen über. Das war der Jabudi-Rhythmus. Die Männer summten lauter, und Salama trat in die Mitte. Mit stolzen Sprüngen zog sie wie eine junge Stute im Kreis umher. Sie war die beste Jabudi-Tänzerin und hatte viele Bewunderer. Die Augen folgten ihr, doch gewandt wie ein Fisch entglitt sie immer wieder den Blicken. Die Leute drängten sich im Kreis, das Klatschen wurde heftig, die Männer johlten. Der Zain trat in die Mitte, diesmal von selbst, er überragte Salama. Sie warf ihm ihr langes, bis über die Schultern reichendes Haar entgegen und zwinkerte ihm zu. Der Imam saß gerade mit einigen Leuten in Hadsch Ibrahims Dewan, der auf den Hof hinausging. Einmal wandte er sich um, und sein Blick fiel auf Salama, die völlig in ihren Tanz versunken war. Er sah, wie ihre Brust hervortrat, wie ihr stattliches Gesäß bebte, wenn sie mit den Füßen aufstampfte. Es teilte sich in zwei melonenrunde Hälften, zwischen ihnen fiel der Tob wie in eine Senke hinunter. Im Tanz bog sie ihren Körper immer weiter nach hinten zu einem Kreis, ihre Haare berührten den Boden, Brust und Gesäß wölbten sich noch mehr vor. Der Imam konnte ihr rechtes Bein und ein Stück ihres vollen Schenkels sehen, die der Tob freigegeben hatte. Als er sich seinem Gesprächspartner wieder zuwandte, war sein Blick verhangen wie getrübtes Wasser.

»Ijujijujijujijuja!«

Das war Halima, die Milchverkäuferin, sie trillerte in der Hoffnung auf eine reiche Gabe der Brautfamilie.

Der Rhythmus der Trommeln leitete zum Schautanz der Männer über, zwei schnelle Schläge, dann ein einzelner. Die Männer ahmten mit ihren Füßen das Stampfen von Pferden nach. Die Nomaden von al-Goz strömten in den Kreis. Sie sprangen aufeinander zu, stießen Schreie aus und knallten mit den Peitschen. Es waren kleinwüchsige, kräftige Männer mit feuchtglänzendem, erdfarbenem Körper. Sie lebten von Kamelmilch und Gazellenfleisch, trugen jeder ihren Tob um die Hüfte geschlungen und hatten sich die Enden über die Schultern geworfen. Wenn sie hochsprangen, glänzte ihr Körper im Sonnenlicht. An ihren Füßen saßen Sandalen, und am Oberarm trug jeder einen Dolch in der Scheide. Die Stimmen der Tänzer und die Trommelschläge vermischten sich mit dem Tamburin und dem Gesang der Prophetensänger im benachbarten Haus. Auch dort bildete die Menge einen Kreis, in dem zwei Männer mit Tamburin ihre Bahn zogen. Der eine, al-Kurtawi, war der Anführer. Er sang:

»Welch ein Glück für den Mann, der sich aufmachte
und auf den Wegen der Kuraisch dahinschritt,
der das Banner winken sah
und den Großvater des Husain besuchte.«

Den Leuten kamen die Tränen, manche begannen zu schluchzen, besonders die Pilger, die Mekka und Medina und die anderen Stätten besucht hatten, die der Sänger beschrieb. Mit seiner rauhen Stimme, für die er berühmt war, fuhr er fort:

»Welch ein Glück für den Mann, der sich aufmachte
und zur Küste von Kuraisch gelangte,
der das Banner rufen sah
und den Großvater des Husain besuchte.

Sie haben ihm Rosinen, Feigen und Melonen hingebreitet,
reichten ihm Becher mit Wein und ließen ihn trinken,
weil er den Großvater des Husain besuchte.«

Die Jubeltriller der Frauen, die den Sängern zuhörten, mischten sich mit denen, die vom Tanz kamen. Gelegentlich wechselten auch Gruppen von einem zum anderen Kreis. Manche hatten eben noch voller Begeisterung mit den Füßen gestampft, und nun traten ihnen hier die Tränen in die Augen. Andere begaben sich vom Lobgesang zum Tanz, sie vertauschten die himmlische Sehnsucht mit irdischem Getöse.

Plötzlich stutzte Mahajub.

Wo war der Zain geblieben?

Wie die anderen Männer der »Clique« hatte er sich um die Feier gekümmert und dabei den Zain aus den Augen verloren.

Er fragte die anderen, doch seit fast zwei Stunden hatte ihn keiner gesehen. Abd al-Hafiz erinnerte sich noch, ihn zuletzt bei den Prophetensängern gesehen zu haben.

Um die anderen nicht zu beunruhigen, begannen sie unauffällig nach ihm zu suchen. Bei der Menge, die sich mit dem Imam im großen Dewan versammelt hatte, fanden sie ihn nicht, er hielt sich weder beim Gesang noch bei einer der Gruppen von Tänzern in den anderen Häusern auf. Sie gingen in die Küchen, in denen die Frauen vor Öfen und Töpfen hockten, doch er war nicht dort.

Panik erfaßte sie, der Zain war zu allem fähig. Er konnte auch seine Hochzeit vergessen und verschwinden, wie es seine Art war. Sie trennten sich, um nach ihm zu suchen, und ließen keinen Platz aus. Die einen gingen in die Steppe vor der Siedlung hinaus, die anderen in Richtung der Felder bis zum Nil. Sie betraten jedes einzelne Haus, schauten unter jede Palme, unter jeden Baum. Es blieb nur die Moschee. Doch der Zain hatte die

Moschee in seinem ganzen Leben nicht betreten. Die Nacht hatte begonnen, es herrschte dichte Finsternis. Die Moschee lag still und leer da, die Lichter der Hochzeit drangen in hellen, langgezogenen Streifen durch die Fenster und brachen sich auf den Teppichen, unter der Decke und in der Gebetsnische. Horchend blieben sie stehen, doch sie vernahmen keinen Laut, nur der Lärm der Hochzeit schallte herüber. Sie riefen seinen Namen, suchten in allen Winkeln und Räumen der Moschee, doch sie fanden ihn nicht.

Da verloren sie die Hoffnung. Er mußte fortgelaufen sein. Doch wohin? Die ganze Gegend war ja bei ihnen versammelt.

Plötzlich hatte Mahajub einen Einfall, er rief: »Der Friedhof!« Sie wollten es nicht glauben. Was sollte er zu dieser Zeit in der Nacht auf dem Friedhof tun? Doch Mahajub ging voran, sie folgten ihm.

Schweigend liefen sie hinter ihm zwischen den Gräbern entlang. Der Gesang und die Jubeltriller drangen zu ihnen, erst laut und deutlich, dann immer leiser und entfernter. Der Ort war öde, nur einige Akazienbäume standen zwischen den Gräbern verstreut. Zwischen ihren Zweigen war nur die Finsternis zu sehen, sie erschienen wie Schiffe auf dem Meeresgrund. In der Mitte erhob sich dunkel und unheimlich das große Kuppelgrab. Plötzlich blieb Mahajub stehen und sagte: »Horcht!« Zuerst hörten sie nichts, doch als sie aufmerksamer horchten, war plötzlich ein leises Schluchzen zu hören.

Mahajub ging weiter, gefolgt von den anderen, bis er zu einer Gestalt kam, die vor dem Grab des Hanin hockte. Da sagte er: »Zain! Warum bist du hier?«

Er gab keine Antwort, das Weinen erhob sich zu heftigem Schluchzen.

Eine Weile schauten sie ihm hilflos zu. Der Zain sagte mühsam und schluchzend: »Lebte Vater Hanin noch, dann wäre er zur Hochzeit gekommen!«

Mahajub legte ihm die Hand sanft auf die Schulter: »Gott sei ihm gnädig. Er war ein gesegneter Mann. Doch heute nacht ist deine Hochzeit, und ein Mann wird in seiner Hochzeitsnacht nicht weinen. Komm!«

Der Zain stand auf und ging mit ihnen zurück.

Als sie zu dem großen Hof gelangten, in dem sich die meisten Leute aufhielten, empfing sie der Lärm, im ersten Augenblick waren sie vom grellen Licht der Lampen wie geblendet. Fattuma sang, die Trommeln wirbelten. Mitten in einem dichten

Kreis tanzte ein Mädchen, viele Männer klatschten, stampften mit den Füßen und summten dazu. Der Zain stürzte los, machte einen gewaltigen Sprung, und da stand er auch schon in der Mitte des Kreises. Auf seinem Gesicht, das noch von Tränen feucht war, glitzerte das Lampenlicht. Er reckte den Arm über der Tänzerin hoch und rief, so laut er konnte: »Freut euch! Freut euch!«

Der Platz schäumte wie ein siedender Kessel, der Zain hatte alle aufs Neue in Schwung gebracht. Immer wieder öffnete und schloß sich der Kreis, brandete der Jubel auf und ab, wirbelten die Trommeln. Die lange, dürre Gestalt des Zain stand in der Mitte wie der Mast eines Schiffes.

Worterklärungen

Aragi: Einheimischer Schnaps, aus Datteln oder Hirse gebrannt.

Dalluka: Handtrommel mit Tonkörper und Bespannung aus Hundsleder.

Dewan: Getrennter Teil des Hauses, den Männern und männlichen Gästen vorbehalten.

Dilka: Massagepaste aus Hirseteig, der mit Duftstoffen vermengt ist.

Garmasis-Umhang: Braut-Umhang aus buntem Seidenstoff mit rot-goldenem Muster.

Girsch: ein Piaster.

Goz: Sandhügel, Düne, als Ortsname häufig.

Mahalab: Weichselkirsche, als Duftstoff verwendet.

Nafir: Traditionelle Form der Nachbarschaftshilfe bei Ernte und Hausbau.

Priem: Mit Natron versetzter Tabak, der hinter die Unterlippe geschoben wird.

Rauchbad: Das Rauchbad über einer Grube, in der stark duftende Hölzer abgebrannt werden, gehört zur traditionellen Körperpflege der Frauen im Nordsudan. Auch in Europa war das Rauchbad nicht unbekannt: Clemens Brentano schildert es bei einer alten Frau in den Tiroler Alpen in seiner Novelle »Die mehreren Wehmüller«.

Schadscharat ad-Durr: Gattin des Abuyyiden-Sultans as-Salih, übernahm nach dessen Tod 1249 die Regentschaft für ihren Sohn.

Tob: Traditionelles Obergewand der Männer, ca. 3 Meter lang und 1 Meter breit. Es wird von hinten um den Körper gelegt, dann werden die beiden Enden nach vorne genommen und kreuzweise über die Schulter geworfen.

Trauerlager: Trauerzeit im Haus des Verstorbenen, während der auf dem Boden geschlafen wird. Ursprünglich 40 Tage, heute meist auf ca. 7 Tage verkürzt.

Tukul: Hütte, in der gekocht wird; Küche.

Umda: Vertreter der noch von den Engländern eingerichteten lokalen Selbstverwaltung (Native Administration; bis 1971 in Kraft), die besonders für die Besteuerung zuständig ist.